DR MORTON
GRUSEL KRIMI BESTSELLER

ORIGINALAUSGABE
IN DEUTSCHER
SPRACHE

ALLE VIER
WOCHEN
NEU

Dr. Morton schlägt zu

»Ich werde noch einmal nach Cliff Forster sehen«, sagte Grimsby und verließ den komfortablen Aufenthaltsraum der unterirdischen Klinik. Er ging über den hell erleuchteten, gefliesten Flur. Die Klimaanlage summte leise.

Cliff Forster lag auf der kleinen, aber perfekt eingerichteten Intensivstation, die sich direkt neben dem großen Operationsraum befand.

Hier lagen die Patienten, die ständig hinsichtlich ihres gesundheitlichen Zustands überwacht werden mussten, denn überwacht wurde in dieser geheimen Versuchsanlage jeder Patient.

Sehr geehrter Leser!

Mit Dr. Glenn Morton hat Autor John Ball eine der faszinierendsten Figuren der Grusel- und Horror-Literatur geschaffen, wenn nicht die fesselndste und bedeutsamste überhaupt.

Außergewöhnlich, initiativ, zielstrebig, ungeheuer ehrgeizig, geachtet, geehrt – genial – und doch hart, rücksichtslos, gehasst: das ist DR. MORTON, Arzt und Wissenschaftler!

Verbrecher und Mörder – das sagen die anderen.

Urteilen Sie selbst! Lassen auch Sie sich von der Ausstrahlung seiner schillernden Persönlichkeit und von seiner unheimlich zwingenden Geisteskraft gefangen nehmen. Er ist ein von seinen Ideen Besessener, ein Genie zwischen Gipfel und Abgrund.

Fürchten Sie sich nicht vor dem Abgründigen in DR. MORTON, fürchten Sie sich nicht vor sich selbst. Schließen Sie das Fenster und löschen Sie das überzählige Licht. Eine angenehme Gänsehaut verträgt nur wenig Geräusch und knappe Helligkeit.

Eine unheimliche Lektüre wünschen Ihnen

Verlag und Redaktion
ERBER+LUTHER VERLAG

ERBER+LUTHER

ERBER+LUTHER VERLAG, Schweiz

DR. MORTON – Grusel-Krimi-Bestseller erscheint monatlich im ERBER+LUTHER VERLAG, Schweiz. Satz und Layout: Digital*ART*. Der Verkaufspreis von 6,95 € versteht sich einschließlich gesetzlicher Mehrwertsteuer. Titelbild: Theo Thomas. Printed in Germany. Oktober 2021
Einzelheft-Nachbestellungen unter: www.romantruhe.de. DR. MORTON ist auch als E-Book erhältlich!

In den Zellendecken waren Kameraaugen eingelassen, die eine generelle Überwachung über eine Monitoranlage zuließen. Lord Morton hatte zudem noch einige andere Sicherheitsmaßnahmen ergriffen, um sein Geheimnis zu wahren.

Als Grimsby den OP betrat, erblickte er sogleich den Neurochirurgen Reginald Dee, der mit den Operationsgeräten hantierte. Er bereitete schon die Operation vor. Gerade legte er drei Skalpelle in die stählerne Sterilisationstrommel.

»Sie suchen doch wohl keine Waffe, nicht wahr, Reginald?« Grimsbys Stimme klang deutlich amüsiert.

Mit bedächtiger Langsamkeit wandte sich Reginald Dee um und schüttelte den Kopf. Das Skalpell, das er noch in der Hand hielt, funkelte stahlblau im Neonlicht.

»Nein, Sir, ich suche keine Waffe«, kam seine Antwort und sie klang schrecklich hölzern. Reginald Dee verzog dabei keinen Gesichtsmuskel und blickte Grimsby starr an. In seinen Augen stand ein toter Glanz.

»Was sollten Sie auch mit einer Waffe, was, Reginald? Dafür hätten Sie doch keine Verwendung«, scherzte Grimsby.

»Richtig, Sir. Was sollte ich mit einer Waffe«, wiederholte der Neurochirurg. Einen winzigen Augenblick schien es in ihm zu arbeiten. Irgendetwas drängte in sein Gehirn, wollte durch.

Auch Grimsby hatte den Eindruck, als suchte Reginald Dee nach einer Antwort für sein eigenes Verhalten. Doch selbstverständlich würde er niemals eine Antwort finden. Dafür hatten Lord Morton und er schon gesorgt.

»Nun? Wollen Sie noch etwas sagen?«, fragte Grimsby und sah ihn spöttisch an.

Reginald Dee sah durch ihn hindurch, die Augen blickten wieder tot. Er schüttelte den Kopf und sagte: »Nein, Sir.«

Grimsby grinste zufrieden. »Wunderbar, dann lassen Sie sich nicht in den Vorbereitungen stören, Reginald.«

»Ja, Sir.«

Grimsby musterte ihn kurz.

Reginald Dee war ein äußerst begabter Neurochirurg. Das war auch der entscheidende Grund dafür gewesen, weshalb Lord Morton ihn hatte entführen und in seine geheime Versuchsanlage in Brighton bringen lassen.

Die komplizierten Versuche, die sich auch weitgehend mit der Erforschung des Gehirns befassten, erforderten eine zusätzliche Kraft – eine Spezialkraft.

Es war Grimsby jetzt ein Rätsel, wie Lord Morton zu Beginn das alles geschafft hatte. Natürlich hatte Grimsby seinem Chef bei großen Operationen oft assistiert, doch die Hauptlast hatte stets auf Lord Mortons Schultern gelegen.

Seit Reginald Dee hier unten war, hatte Lord Morton erstmals mehr Zeit für die wirklich wichtigen Dinge und konnte sich auch an sehr große Eingriffe heranwagen, die er allein rein physisch niemals geschafft hätte.

Es war natürlich erforderlich geworden, den störenden und störrischen Willen des Neurochirurgen zu brechen. Freiwillig war Reginald Dee nicht zu einer Mitarbeit bereit gewesen. Lord Morton hatte auch nichts anderes von ihm erwartet und sich darauf eingestellt.

Für Grimsby war das ›Problem Reginald‹ eine Herausforderung gewesen, sich selbst zu fordern, sein technisches Genie auf die Probe zu stellen.

Schließlich hatte er auch eine Lösung des Problems gefunden. Lord Morton hatte die von ihm entwickelten drei Sonden in das Gehirn von Reginald Dee eingepflanzt, die nun die Befehle eines Computers weitergaben und darüber wachten, dass Reginald Dee nur das tat, was von ihm verlangt wurde. Sein eigener Wille wurde vollkommen ausgeschaltet.

Inzwischen war das System perfekt ausgereift und Grimsby war froh, dass es ihm gelungen war, durch dieses Computerprogramm Reginald Dee zu einer Marionette zu machen, ohne dabei seine außerordentlichen Fähigkeiten als Chirurg zu beeinträchtigen.

Reginald Dee war zu einem willenlosen Werkzeug geworden.

»Wie geht es dem Patienten?«, erkundigte sich Grimsby nun. Zwar hatte er ein sehr fundiertes medizinisches Wissen (hatte er doch früher einmal Medizin studiert, die Universität dann aber wegen einer dunklen Affäre verlassen müssen), doch Reginald Dee war nach Lord Morton eben der Fachmann, dessen Kenntnisse auch von Lord Morton geschätzt wurden.

Reginald Dee legte langsam das Skalpell beiseite. »Es sieht sehr schlecht aus, Sir.«

»Wie schlecht?!«

»Forster liegt schon halb im Delirium. Vor allem der linke Lungenflügel macht große Schwierigkeiten, Sir. Seine Chancen sind äußerst gering«, gab er sofort Auskunft wie ein Roboter.

Alles kam prompt und ohne Stocken, nur seine Augen hatten den eigentümlichen starren und unbeteiligten Ausdruck.

Dass Reginald Dees Stimme stets einen so unpersönlichen und hölzernen Klang hatte, störte Grimsby. Er nahm sich vor, dieses Problem einmal anzugehen, wenn er dazu die Zeit fand.

»Wie lange wird er noch durchhalten?« Grimsby verlangte eine präzise Antwort.

Reginald Dee überlegte. »Forster hat nicht mehr viel Reserven, Sir. Die letzten Operationen haben seinen Körper ausgelaugt.«

Es war eine rein sachliche Feststellung. »Wenn nichts unternommen wird«, fuhr er fort, »hält er nicht mehr als ein paar Stunden durch. Es kann auch weniger sein.«

Grimsby wusste, dass das noch großzügig geschätzt war. Es musste wirklich etwas getan werden. Schon dreimal hatte er versucht, Lord Morton zu erreichen, der mit Cynthia Barrington in London war. Für alle Fälle hatte er dem Neurochirurgen schon mal den Auftrag erteilt, alles für eine Operation vorzubereiten.

»Wir werden sofort operieren, wenn Lord Morton hier ist. Sehen Sie zu, dass Sie in spätestens einer halben Stunde mit den Vorbereitungen fertig sind«, wies Grimsby ihn an und hoffte, dass er Lord Morton diesmal erreichen würde.

Der willenlose Neurochirurg nickte steif. »Eine halbe Stunde, ja, Sir.«

Einen Augenblick überlegte er, ob er diesen Eingriff nicht Reginald Dee überlassen sollte. Seine Erfolgschancen wären dann zwar nicht so hoch wie bei Lord Morton, der über wahrlich begnadete chirurgisch-geniale Fähigkeiten verfügte.

Andererseits hätte Cliff Forster noch eine Chance, wenn Reginald die Operation im Alleingang durchführte. Es konnte nämlich bis Lord Mortons Eintreffen in Brighton zu spät sein. Das war zu überlegen.

Doch dann schüttelte er diesen Gedanken ab. Weshalb sollte er sich über diesen Cliff Forster solche Gedanken machen? Der hatte den Tod wirklich verdient. Und was den Versuch betraf – den würde man zu gegebener Zeit wiederholen.

Erst mal würde er nach Cliff Forster sehen und dann versuchen, mit Lord Morton telefonisch Kontakt aufzunehmen. Alles andere sollte Lord Morton entscheiden.

Grimsby band sich einen Mundschutz um und streifte sich einen sterilen Kittel über. Mit dieser Bekleidung betrat er die Intensivstation, in der mehrere Betten Platz hatten.

Reglos lag Cliff Forster in dem kalkweißen, sterilen Bett. Von seinem eingefallenen Körper war kaum noch etwas zu erkennen. Zum Teil bedeckte ihn die gewaltige Herz-Lungen-Maschine, die Grimsby um einige technische Raffinessen verbessert hatte. Ein metallisches Zischen erfüllte den Raum.

Forsters Körper war mit Drähten übersät, die seine Körperfunktionen aufzeichneten. Die Daten wurden von einem kleinen Computer gespeichert. Gestelle für die Blutkonserven und die künstliche Nahrung umstanden das Bett. Sauerstoffgeräte lagen am Kopfende bereit.

Zuerst überzeugte sich Grimsby, dass die Herz-Lungen-Maschine auch einwandfrei funktionierte. Dann warf er einen Blick auf das EEG, das die Gehirntätigkeit aufzeichnete, und dann auf das EKG.

Die Gehirnströme waren jedoch noch vollkommen klar. Soweit man in solch einer Situation von vollkommen klar sprechen kann.

Nun beugte sich Grimsby über ihn. Er sah in sein Gesicht, das totenblass und schweißnass war.

Forsters Brust war unbedeckt. Die großen, noch blutroten Narben zeugten von einem gewaltigen Eingriff.

Doch nicht nur seine Brust war lädiert. Der kahl geschorene Schädel, soweit es ihn überhaupt noch gab, und die durchsichtige Plastikkappe deuteten auf einen Gehirneingriff hin.

Cliff Forster hatte schon mehrere Operationen über sich ergehen lassen müssen. Und jede war ein großes Risiko gewesen. Eigentlich war es schon ein Wunder, dass er es so lange durchgehalten hatte.

Grimsby schrieb es Forsters jugendlicher Zähigkeit zu, denn Forster war knapp über dreißig und früher einmal Hochleistungssportler gewesen.

»Forster! – Können Sie mich hören?«, rief Grimsby hinter dem Mundschutz und seine Stimme klang seltsam hohl durch das Zimmer.

Einen Augenblick wartete er. Dann bemerkte er eine mühsame Bewegung. Forster war angeschnallt und hatte somit ein Minimum an Bewegungsfreiheit.

Langsam öffneten sich die Augendeckel. Aus leeren, verzweifelten und eingefallenen Augen blickte ihn Cliff Forster an.

»Hören Sie mich, Forster? – Forster!«

Grimsby musterte ihn scharf. Er musste wissen, inwieweit Forster noch ansprechbar war. Vielleicht konnte er in ihm noch einen Funken Hoffnung erwecken, die Widerstandskraft in Forster anfeuern. Doch wenn es ihm nicht gelang, würde es ihn auch nicht sonderlich berühren.

Grimsby hatte die Hoffnung auf ein Zeichen von Forster schon fast aufgeben, als sich die Augen plötzlich mit etwas bewusstem Leben füllten. Sie stierten ihn nun nicht mehr völlig ausdruckslos an.

Cliff Forster schien den Mann mit dem Mundschutz neben seinem Bett erkannt zu haben, denn ohnmächtiger Zorn und Hass funkelten nun in seinen Augen, die in tiefen Höhlen lagen.

»Grims…by …«

»Sie erkennen mich, Forster?«, fragte Grimsby vollkommen ruhig, und eigentlich war es mehr eine Feststellung. Forster wusste, wer neben ihm am Bett stand: sein Todfeind!

»Ja … Grims…by«, krächzte Forster heiser und so leise, dass Grimsby sich zu ihm herunterbeugen musste. Er hielt sein Ohr nahe an Forsters Mund, um ihn zu verstehen.

»Sie liegen im Sterben, Forster! Kämpfen Sie um Ihr Leben!«, rief Grimsby und seine Stimme zeigte keinerlei Gefühlsregung. Forsters Tod würde ihn nicht im Mindesten berühren. Grimsby hatte schon zu viele sterben sehen.

»Nein … nicht … sterben …«

»Lange werden Sie nicht mehr durchhalten, Cliff. Und Lord Morton ist in London. Sie haben Glück, wenn er noch rechtzeitig hier ist, um Sie zu operieren.«

»Verbrecher … Verbrecher«, keuchte Forster und seine Blicke irrten wild über Grimsbys Gesicht, so als könnten sie ihn verletzten.

Grimsby sah ihn kalt an. »Falls Lord Morton nicht früh genug hier ist, werden Sie krepieren, Forster. Aber auch dann bleibt Ihnen nicht viel Zeit.«

»Nein … nein …« Ein Röcheln kam aus seiner Kehle.

»Ich hätte es eigentlich lieber gesehen, wenn wir noch einige Versuche mit Ihnen hätten durchführen können, Forster. Das hätten Sie verdient. Bisher haben Sie nur einen ganz geringen Teil Ihrer Schuld gebüßt. Aber die Monate hier waren bestimmt eine gute Vorbereitung auf die Hölle, nicht wahr?« Grimsby lachte kurz auf.

Cliff Forster schien einen Augenblick an all die Qualen erinnert zu werden, die er in den unterirdischen Räumen hatte erdulden müssen. Und mindestens ein Dutzend Mal hatte er den Tod herbeigefleht. Doch nun, wo er kurz davorstand, hing er trotzdem an seinem kümmerlichen Rest Leben.

»Vielleicht schafft Lord Morton es noch und flickt Sie wieder zusammen, Forster«, fuhr Grimsby fort, als befände er sich auf einer Party mit ihm.

»Das würde mich natürlich freuen. Wir planen nämlich gerade eine neue interessante Versuchsreihe. Höchst interessant sogar.«

Grimsby beobachtete Forster gnadenlos, der die Augen angstverzerrt aufriss und ihn anstarrte. Aber er hatte kaum noch die Chance, die Nacht zu überleben. Sein Zustand war äußerst kritisch. Nur Lord Morton konnte noch helfen.

Cliff Forster röchelte und dachte an die schrecklichen Versuche, die Lord Morton und sein teuflischer Gehilfe Grimsby mit ihm angestellt hatten. Es war ein nicht enden wollendes Martyrium gewesen.

»Seien … Sie … verflucht … Lord Morton und … Sie … verflucht … für … ewig … ewig … verflucht … Sie Verbrecher«, stammelte Forster mit letzter Anstrengung.

»Sparen Sie sich Ihre Kräfte besser für den Todeskampf, Forster«, erwiderte Grimsby ungerührt. »Lange wird er ja nicht auf sich warten lassen.«

»Teufel … Teufel!«, keuchte Cliff Forster mit hasserfüllten Augen. Schließlich schloss er sie kraftlos und lag wie tot im Bett.

Die Herz-Lungen-Maschine arbeitete regelmäßig mit metallischen Nebengeräuschen, die hier in der Stille besonders unheimlich klangen. Nur die Messinstrumente zeigten an, dass noch genügend Leben in Cliff Forster war.

Abrupt drehte sich Grimsby um und verließ die Intensivstation.

»Entweder wir operieren in einer Stunde oder überhaupt nicht mehr«, murmelte Grimsby vor sich hin. Eigentlich war es für Reginald Dee gar nicht bestimmt.

Doch Reginald Dee hatte es gehört und reagierte darauf wie ein Automat. »Ja, Sir.«

»Sag nicht immer: Ja, Sir!«, knurrte Grimsby ihn an.

Ausdruckslos blickte ihn der Neurochirurg an. »Ja, Sir.«

Ein Grinsen zeigte sich nun auf Grimsby Gesicht. »Gut, lassen wir das.« Er dachte an Forster und sein Gesicht wurde wieder ernst. »Eigentlich war es nicht anders zu erwarten gewesen. Die Transplantation von ganzen Lungen steckt ja noch immer in den Kinderschuhen.«

»Es war eben ein hohes Risiko«, meldete sich Reginald Dee.

Für einen kurzen Augenblick flackerte so etwas wie Interesse in seinen Augen auf. Aber schon einen Moment später war dieser Schimmer in seinen Augen erloschen. Das Computerprogramm duldete eben keine Selbstständigkeiten.

»Einmal muss man ja damit beginnen.« Grimsby zuckte die Schulter. »Die ersten Patienten haben immer Pech. Das ist draußen in den Krankenhäusern auch nicht anders. Mit den ersten Kranken machen die Professoren ihre Versuche. Operation gelungen, Patient tot. Nur spricht man nicht darüber.«

»Ja, Pech«, wiederholte Reginald Dee.

Grimsby lachte trocken und verließ den OP. Auf den Neurochirurgen konnte er sich verlassen.

»Wahrscheinlich wird die Operation gar nicht mehr notwendig sein, wenn ich Lord Morton nicht schnellstens erreiche«, murmelte er und griff nach dem Telefon.

*

Edgar Shipper lachte schallend und klatschte sich auf die Schenkel. Sein Lachen erfüllte den ganzen Raum und er konnte sich einfach nicht mehr beruhigen. Immer wieder prustete er los.

Scott Peers blickte seinen Freund belustigt an. Das Lachen wirkte ansteckend, doch seine Wangen streikten. Sie waren an diesem Abend schon reichlich strapaziert worden, sodass er sich jetzt zwingen musste, nicht zu lachen; es war schmerzhaft.

»Nun fass dich wieder, Edgar«, rief er seinem Freund zu.

Edgar schüttelte sich und es dauerte wirklich eine geraume Zeit, bis er sich soweit beruhigt hatte, dass er vernünftig sprechen konnte.

»Ich kann nicht mehr«, meinte Scott zu ihm.

Edgar war nahe dran, wieder loszulachen, und er fixierte sein Gegenüber, der auch ihr Gastgeber war: David Garden.

»Ich weiß gar nicht, David«, begann Edgar und rang nach Atem, »wo du all diese teuflischen Witze herhast. Das ist ja ungeheuer!«

David Garden fühlte sich geschmeichelt und lachte zufrieden.

»Alles Übung, mein Lieber.«

Garden bekleidete einen recht hohen Posten in der Filmbranche und man konnte ungestraft behaupten, dass er mehr als nur schlicht ›vermögend‹ war. Er hatte einen gewissen Reichtum angehäuft, der sich sehen lassen konnte. Mehrere Landhäuser gehörten zu seinem Besitz.

Wenn seine Geschäfte auch nicht immer sehr sauber waren, und das waren sie äußerst selten, so hatte er es doch zu einem gewichtigen Ansehen gebracht. Vielleicht gerade deshalb.

»Jetzt brauch ich was zu trinken«, reckte sich Edgar im Sessel.

»Wie ich sehe, ist die Flasche leer«, rief David. »So kann das aber nicht bleiben.«

Ann Sun, diesen wohlklingenden Namen hatte sie sich in dem Glauben zugelegt, damit beim Film einen besseren Start zu haben, lächelte hilfsbereit. Es war ihr Schauspielerlächeln und deshalb nicht besonders gut. Doch das fiel keinem der Männer zu dieser vorgerückten Stunde auf. Ann Sun langweilte sich schon den ganzen Abend, doch für ihre Karriere war sie bereit, alles zu tun, was man von ihr verlangte.

»Ich hole Nachschub«, erbot sie sich und griff nach der leeren Flasche.

»Die Flasche lass man ruhig stehen, Schatz«, wehrte David Garden ab. »Wir wollen doch sehen, was wir schon alles verpichelt haben, was Jungens?«

Scott war seiner Meinung. »Leere Flaschen regen besonders zum Trinken an, wenn eine volle danebensteht.«

»Nun lauf schon, Kätzchen«, forderte David Garden das Filmsternchen auf.

»Ich fliege.«

Ann Sun erhob sich federnd und ihr Rock wippte fast bis zu den Hüften hoch. Sie wusste sehr wohl, dass ihre Figur auf Männer wirkte. Doch wichtig allein war Gardens Urteil. Erhoffte sie sich doch von ihm eine große Rolle.

Dass der Filmproduzent in eine Menge dunkler Geschäfte verwickelt war, wusste sie. Es kümmerte sie auch nicht. Moralisten und gesetzestreue Menschen hatte sie noch nie ausstehen können.

»Das ist ja eine verteufelt scharfe Puppe, alter Haudegen«, urteilte Scott lüstern, als die Männer unter sich waren.

»Gefällt sie dir?«

»Du hast ja ständig so irre Vögel um dich herum, David. Ich frag mich, wie du das machst«, meinte Scott.

»Du bist zu beneiden«, pflichtete ihm Edgar zu.

David Garden lächelte zufrieden. Das mochte er. Bewunderung war für ihn ein notwendiges Lebenselixier.

Deshalb hatte er es sich auch zur Gewohnheit gemacht, seine ehemaligen Klassenkameraden, die es nicht so weit gebracht hatten, in sein Landhaus vor London einzuladen.

Garden veranstaltete diese kleinen Feste, um protzen zu können. Er wollte bewundert werden. Und diese Bewunderung zollten sie ihm auch, denn beide waren mittlere Angestellte, die sich solch einen Luxus nicht mal im Traum leisteten.

David Garden krönte seine Wochenendpartys mit seinen Schulfreunden gewöhnlich mit einer besonders ausgefallenen Überraschung.

Einmal hatte er ihnen ein teures, exklusives Geschenk gemacht; eine Weltfilmpremiere war der Höhepunkt des Abends gewesen. Er hatte ihnen einen gerade erst fertiggestellten Film gezeigt. Um von diesem brandneuen Film eine Kopie für diese Nacht bekommen zu können, hatte er all seine Beziehungen spielen lassen.

Deshalb waren Edgar und Scott jedes Mal gespannt, welchen Clou er diesmal für sie auf Lager hatte.

»Wirst du ihr eine Rolle geben?« Edgar beugte sich verschworerisch vor.

»Was meinst du?«

»Bei dir spielt sie ja bestimmt schon die Hauptrolle. Glaube aber nicht, dass das ihr Ziel ist.«

David lachte schallend. »Liegst gar nicht mal so falsch. Darin hat sie nämlich verteufelt mehr Talent als vor der Kamera. CynthiaFür eine mittlere Nebenrolle wird es reichen.«

»Kann ich mir vorstellen.«

»Du würdest sie wohl gern, was?«

Edgar grölte: »Was denkst du denn! Wir sind zwar beide verheiratet, aber dennoch keine Kostverächter, haha.«

Scott nickte zustimmend. »Wäre mal eine recht nette Abwechslung.«

»Vielleicht könnt ihr eure Wünsche heute noch erfüllen«, eröffnete der Filmproduzent geheimnisvoll. Er hatte seine Freunde mal wieder richtig eingeschätzt. »Natürlich nicht mit Ann«, fügte er rasch hinzu.

Verdutzt sahen Edgar und Scott ihn an. »Mensch, was willst du damit sagen?« Scott hatte sich zuerst gefasst.

Garden freute sich über ihr Erstaunen. »Hast du etwas dagegen einzuwenden?«

»Red doch keinen Unsinn«, stieß Edgar hervor. »Hast du – hast du wirklich ein Mädchen für uns?«

David Garden ließ sie noch einen Augenblick zappeln, denn das war ja für ihn der Höhepunkt des Abends. Grenzenlose Bewunderung hüllte ihn ein.

»Ich glaube, ich habe wirklich etwas für euch«, grinste er dann.

Scott schlug sich auf die Oberschenkel wie Edgar vor Kurzem. »Also doch, du hast ein Mädchen. Nicht zu fassen. Was bist du doch für ein Teufelskerl. Typisch David!«

Garden sonnte sich in seinem Ruhm. »Na, übertreib mal nicht«, wehrte er ohne Nachdruck ab.

»Ist sie blond?«

»Pechschwarz«, erwiderte Garden. »Sie hat eine wahnsinnig gute Figur und ist in den besten Jahren, Freunde.« Er hoffte, dass sie ihnen nicht zu jung war. Doch wie er Edgar und Scott einschätzte, war sie genau das Richtige für die beiden.

»Wie alt?«, krächzte Scott.

»Knapp über achtzehn.«

»Teufel«, stieß Scott hervor und auch Edgar rückte unruhig in seinem Sessel hin und her.

In dem Augenblick kehrte Ann Sun in das Zimmer zurück.

»Weiß sie Bescheid?«, flüsterte Edgar David zu.

Ann Sun hatte die Frage verstanden, stellte die Flasche ab und sagte: »Sie wird euch gefallen. Bestimmt wird das noch eine lustige Nacht.«

Wenn es ihr etwas einbrachte, hatte sie vor nichts Skrupel. Dass Garden auch in diesem schmutzigen Geschäft seine Finger drin hatte, beunruhigte sie nicht im Geringsten. Zuhälter mochte sie eigentlich nicht besonders, doch bei Garden war das etwas Besonderes. Er hatte dieses Mädchen ja nur für seine Freunde besorgt, sozusagen als Geschenk. Und je mehr sie über seine dunklen Machenschaften wusste, desto schlechter konnte er sie abschieben. Was wollte sie also mehr?

»Wann geht es los?«, fragte Edgar tatendurstig. Dass Ann Sun von der Sache wusste und mitmischte, erhöhte den Reiz des Ganzen erheblich.

»Eigentlich steht dem nichts mehr im Wege«, erklärte David Garden. »Einen Augenblick wird es wohl noch dauern.«

»Die Geduld bringen wir jetzt auch noch auf, was?« Scott grinste seinen Freund Edgar an.

Garden erhob sich. »Werde mal sehen, was unser Wonnepfropfen macht.«

Schallendes Gelächter erhob sich und David Garden erzählte noch einen anstößigen Witz, bevor er nach oben ins Obergeschoss ging, um nach Julian zu sehen.

David Garden hatte sie oben eingeschlossen. Man hatte es ihm geraten und er hatte nicht weiter gefragt.

Er kannte das dreckige Geschäft.

*

»Es war ein wunderbarer Abend mit Ihnen, Glenn.« Cynthia warf ihrem Chef einen dankbaren Blick zu.

Lord Morton, Präsident des Königlichen Kollegiums der Chirurgen und führendes Mitglied eines halben Dutzends ähnlich exklusiver Vereinigungen, lächelte verhalten.

»Das Essen war ein Traum«, seufzte Cynthia.

Lord Morton konnte ihr da nur beipflichten. »Die Lammkeule war weder zu weich noch zu hart. So etwas findet man selten.«

Sie warf ihm einen verschmitzten Blick zu. »Es war ein Gedicht von einem Essen. Etwas Besseres habe ich bisher noch nicht gegessen, Glenn.«

Lord Morton lachte. »Ich sehe, der Abend hat Ihnen gefallen. Das freut mich. So sollte es ja auch sein, Cynthia.«

»Sie sind ein unübertrefflicher Unterhalter, Glenn«, sagte sie bewundernd und sie gingen auf den Rolls-Royce Phantom V zu.

Lord Morton klemmte sich hinter das Steuer und ließ den Motor anspringen. Fast lautlos setzten sich die Kolben in Bewegung.

Cynthia Barrington war glücklich und zufrieden. Am Vortag hatten sie zusammen Brighton verlassen, wo sich Lord Mortons exklusive Privatklinik befand, und waren nach London gefahren. Die Prominenten-Praxis in der Harley Street hatte diesen Besuch nötig gemacht.

Seit geraumer Zeit war es zur Gewohnheit geworden, dass Lord Morton seine attraktive Privatsekretärin auch mit nach London nahm. Cynthia himmelte ihren Chef an und bewunderte seine genialen Fähigkeiten.

Nachdem Lord Morton mit Cynthia Barringtons Hilfe die prominenten Patienten in der Londoner Harley Street versorgt hatte, waren sie gegen Abend zu einem Bummel durch das nächtliche London aufgebrochen.

Sie hat sich diese kleine Freude wirklich verdient, dachte Lord Morton und lenkte den schweren Wagen aus der Parklücke.

»Was halten Sie von einem Sherry, Cynthia?«, fragte er sie dann.

Lächelnd sah sie ihn an. »Solch ein Angebot bekommt man nicht alle Tage, besonders nicht von Ihnen.« Damit wollte Sie sagen, dass er sich so intensiv seiner wissenschaftlichen Arbeit widmete und so für andere Dinge meist keine Zeit hatte.

»Ich nehme selbstverständlich an, Glenn.«

Lord Morton war froh, sie ausgeführt zu haben. Etwas Entspannung war manchmal durchaus nützlich. Wenn er daran dachte, wie schwer sie alle, Cynthia mit eingeschlossen, in den letzten Wochen gearbeitet hatten, dann war dieser Streifzug nur zu gerechtfertigt.

Dabei dachte er mehr an sie als an sich.

In seiner unterirdischen Versuchsanlage unter der Privatklinik in Brighton war ein neues Versuchsprogramm angelaufen, das all ihre Kräfte in Anspruch genommen hatte.

Es war nicht so, dass er mit diesem Programm das Feld der Gehirnforschung abgeschlossen hätte (denn damit hatten sich seine Versuche beschäftigt), ganz im Gegenteil, diese Versuche würden wahrscheinlich nie ein Ende finden.

Dazu war das Gebiet der Hirnforschung einfach zu komplex und zu wenig ausgeforscht. Das, was die Wissenschaftler draußen zu diesem Zeitpunkt über das menschliche Gehirn und seine Möglichkeiten hinsichtlich operativer Eingriffe wussten, war doch erst der Anfang.

»Sie überlegen, Glenn?«, hörte er Cynthia fragen.

»Ja.«

»Ich spüre das.«

»Gerade dachte ich an unsere neue Versuchsreihe, Cynthia. Eigentlich sind es ja zwei, wenn man genau sein will», gestand er.

»Unsere?«, fragte sie zurück.

Lord Morton blickte sie kurz an. »Jeder hat an den Experimenten und den Erfolgen seinen Anteil, Cynthia.«

»Danke.«

Einen Augenblick gingen ihre Gedanken in die Vergangenheit zurück. Sofort spürte sie einen kalten Schauer über ihren Körper laufen, obgleich es im Wageninneren wohl temperiert war.

Es war eigentlich noch gar nicht so lange her, da war sie wirklich nur Lord Mortons Privatsekretärin gewesen. Von seinen geheimen Versuchen, von denen die Welt noch nichts erfahren durfte, hatte sie nicht einen Funken gewusst.

Bis eines Tages ...

Sie war Zeuge eines Gesprächs zwischen Grimsby und Lord Morton geworden. Das hatte ihr die Augen über das zweite geheime Leben ihres Chefs geöffnet.

Lord Morton hatte die Entdeckung seines Geheimnisses sofort bemerkt.

Inzwischen war sie zu einem vollwertigen Mitglied von Lord Mortons Team geworden. Mit Grimsby, dem genialen Techniker, Maurice Vaultier und Sir Henry bildeten sie eine verschworene Gemeinschaft, die es sich zur Aufgabe gemacht hatte, Lord Morton bei seinen weltbewegenden Versuchen hilfreich zur Seite zu stehen – mit allem psychischen und physischen Einsatz, der nötig wurde.

In diesem Team nahm Grimsby noch eine besondere Stellung ein, denn er war nicht nur das überragende technische Genie, sondern hatte auch zusammen mit Lord Morton das gewaltige Unternehmen sozusagen aus dem Boden gestampft.

Für die Öffentlichkeit war Grimsby nur schlicht der Fahrer und Pilot von Lord Morton. Wer mehr herausbekommen hatte, hatte dieses Wissen mit dem Leben bezahlen müssen.

»Ich bin gespannt, wie Cliff Forster die Operation verkraftet hat«, sagte Cynthia und kehrte mit den Gedanken wieder in die Gegenwart zurück.

»Wir müssen damit rechnen, dass Komplikationen auftreten, Cynthia. Eigentlich war es auch nicht gerade der richtige Augenblick für diese Fahrt nach London, aber diese Prominenten lassen einem ja auch keine Ruhe.«

»Und – und wenn Forster es nicht übersteht?«, wollte sie von ihm wissen. Diese Frage war gar nicht nötig gewesen, denn inzwischen kannte sie ihren Chef so gut, dass sie sich die Frage selbst beantworten konnte.

»Wenn Forster stirbt, werden wir den Versuch später mit einem geeigneten Patienten wiederholen«, antwortete Lord Morton, ohne zu zögern. Aus seiner Stimme klang keine Gefühlsregung.

Patienten!, fuhr es Cynthia Barrington durch den Kopf. Wie leicht sprach man das Wort aus, und doch waren es nur Todgeweihte.

Patienten waren es schon, nur keine freiwilligen.

Wer dort unten in den unterirdischen Räumen der Geheimklinik weilte, hatte keine Chance mehr, jemals das Tageslicht zu erblicken. Es sei denn, Lord Morton wollte es aus ganz bestimmten Gründen so. Wer einmal in seiner Gewalt war, hatte den Tod vor Augen. Meist war es ein schrecklicher und qualvoller Tod.

Weshalb mache ich mir über die Versuchspersonen bloß Gedanken? Sie haben doch alle den Tod mehr als nur einmal verdient. Es sind doch alles durch die Bank ungefasste Verbrecher, die stets durch die Maschen der Justiz schlüpfen. Wie viele Menschen hat allein Forster auf dem Gewissen? Und kein Gericht der Welt war in der Lage, ihn zu verurteilen.

Es war wirklich unsinnig, Mitleid mit diesen Menschen zu haben. Alle waren sie skrupellose Verbrecher, die ihre Strafe zehnmal verdient hatten.

»Vielleicht kommt er durch die Krise«, holte Lord Mortons ruhige Stimme sie wieder in die Gegenwart. »Die Lungenmaschine, die Grimsby entwickelt hat, ist eine Glanzleistung. Ein wahres technisches Wunderwerk.«

Schließlich hatten sie Lord Mortons Wohnsitz am Grosvenor Square erreicht. Er beabsichtigte, die Nacht hier in seinem komfortablen Haus zu verbringen, um dann am frühen Morgen wieder nach Brighton aufzubrechen.

»Guten Abend, Miss Barrington, guten Abend, Sir«, grüßte der alte Johannes mit vornehmer Zurückhaltung. Ein feines Lächeln zeugte davon, wie sehr er sich darüber freute, Lord Morton *und* Miss Barrington zu sehen. Denn er hegte eine tiefe, innere Zuneigung zu Cynthia. Sie wusste das und erwiderte den freundlichen Gruß des alten Mannes.

»Wenn Sie noch einen Wunsch haben?«, fragte Johannes schließlich, als sie abgelegt hatten und in den Salon gegangen waren.

Lord Morton schüttelte den Kopf. »Nein, danke, Johannes. Sie können schon zu Bett gehen. Wir nehmen nur noch einen Sherry, und den kann ich selbst eingießen.«

»Ja, dann wünsche ich eine angenehme Nacht, Miss … Sir.« Er verbeugte sich angemessen und zog sich zurück.

»Ein feiner Mensch«, urteilte Cynthia eine Weile später. Die Sherrygläser standen gefüllt auf dem flachen Marmortisch.

»Sie wissen, wie froh ich bin, dass ich Johannes habe«, erwiderte Lord Morton und blickte einen Augenblick nachdenklich. Johannes gehörte schon fast zur Familie.

Schließlich hob er das Glas. »Wir wollen den Abend gebührend beschließen, Cynthia. Mit diesem Sherry kann man es.«

Sie griff nach dem Glas mit dem zarten Kelch. Ein helles Klingen klang durch den Raum, als sich ihre Gläser berührten.

Sie plauderten noch eine geraume Zeit, als sich plötzlich das Telefon durch optische Signale meldete. Jemand rief an.

Johannes hatte nach Absprache mit seinem Herrn gegen Mitternacht das Telefon auf die optische Signalgebung beschränkt und das akustische Signal abgestellt.

Jetzt blinkte die rote Leuchte in kurzen Abständen auf.

»Wer kann um diese Zeit noch anrufen?«, rief Cynthia erstaunt.

Lord Morton lächelte und glaubte zu wissen, was sich nun in ihrem Kopf abspielte. Ohne Eile ging er zum Telefon und hob ab.

»Morton«, meldete er sich.

»Sir …«

»Ja, William?« Lord Morton hatte ihn sofort an seiner Stimme erkannt. Und schon in diesem Augenblick wusste er, dass etwas Wichtiges vorlag. Grimsby war nicht der Mann, der wegen einer Lappalie zu solch einer Tages- beziehungsweise Nachtzeit anrief.

»Was gibt es, William?«

»Es wird schwierig, Sir, und sieht gar nicht gut aus«, begann Grimsby.

»Sie sind in Brighton, William?«

»Ja, Sir.«

»Ich verstehe«, antwortete Lord Morton. Eigentlich hätten sie auch deutlich und ohne Umschweife reden können, denn Grimsby hatte die Telefonleitung so bearbeitet, dass ein zufälliger Mithörer von ihrem Gespräch nur unverständliche Laute mitbekam.

Aber Lord Morton wollte das Risiko stets so klein wie nur eben möglich halten. Eine technische Panne war nie auszuschließen. Deshalb war es sein oberstes Gebot, keine Namen am Telefon zu nennen. Schon gar nicht die Namen solcher Personen, die plötzlich verschwunden waren und an deren Aufklärung die Polizei noch arbeitete.

»Technische Komplikationen?«, erkundigte sich Lord Morton.

»Die Lungenmaschine arbeitet einwandfrei«, meldete Grimsby nicht ohne Stolz. Wie jeder Mensch war auch er nicht frei von einer Spur Eitelkeit.

»Da hatte ich auch keine Bedenken gehabt.«

»Danke, Sir. Aber der Körper wehrt sich mit allen Kräften. Der Umschwung kam außerordentlich plötzlich. Ich versuchte schon mehrmals, Sie zu erreichen«, berichtete Grimsby.

»Ich hatte den Eintritt der Krise etwas später erwartet«, gestand Lord Morton und überlegte einen Augenblick. »Wie ernst ist die Lage?«

»Sehr ernst«, sagte Grimsby am anderen Ende der Leitung ohne Zögern. »Und es ist nicht nur der Kreislauf.«

»Sie meinen also, es wäre besser, wenn ich …« Lord Morton ließ den Satz unvollendet. Grimsby verstand ihn auch so.

»Die Chancen sind nicht besonders hoch, aber vielleicht könnte eine sofortige Operation Hilfe bringen«, erwiderte Grimsby und ließ dabei eine Empfehlung durchklingen. Die Entscheidung lag selbstverständlich bei Lord Morton.

»Gut. Wir werden uns sofort auf den Weg machen, William. Das wird wohl das Beste sein.«

»Ja, Sir …«

»Wir sehen uns gleich.«

»Ich werde alles für die Operation vorbereiten lassen, Sir.«

»Tun Sie das.«

»Sie brauchen mir gar nichts weiter zu erklären, Glenn. Ich habe mitgehört und bin über alles informiert. Cliff Forster scheint es wirklich sehr schlecht zu gehen.«

Lord Morton nickte. »Wenn Grimsby anruft, muss es schon sehr kritisch sein.«

»Glauben Sie, dass Sie noch etwas machen können?«, fragte Cynthia und es war keine Skepsis, die sie zu dieser Frage veranlasst hatte, sondern aufrichtiges Interesse.

»Das ist äußerst schwer zu sagen, Cynthia. Dazu muss ich ihn vor mir haben. Und alle Daten, Puls, Herzfrequenz, Blutzusammensetzung und so weiter. Große Hoffnungen können wir uns aber nicht machen, wie mir scheint.«

»Dann wollen wir keine Zeit verlieren, Glenn.«

*

David Garden fühlte sich blendend. Seine Freunde hatten ihm die Bewunderung gezollt, die er sich gewünscht hatte.

Nun schritt er ins Obergeschoss hoch. Julian war in einem der Gästezimmer untergebracht. Jetzt wollte er sie auf ihren ›Auftritt‹ vorbereiten und entsprechend präparieren.

Es war gar nicht so einfach gewesen, ein passendes Mädchen für seine beiden Freunde zu finden.

Doch durch seine Beziehungen zu gewissen Leuten, die man wahrlich nicht als vornehme Gesellschaft bezeichnen konnte, war es ihm schließlich gelungen. Ein exklusiver Callgirl-Ring ganz besonderer Art hatte ihm Julian geschickt.

Er selbst hatte sie nur kurz gesehen, als die Männer sie aufs Zimmer gebracht hatten.

»Wie geht's uns denn?«, rief David Garden und trat ins Zimmer.

Julian Torster stand am Fenster und hatte ihm den Rücken zugekehrt. Sie trug ein Minikleid, das ihr gerade über die Pobacken ging. Die weißen Lederstiefel erweckten den Eindruck, als hätte sie unheimlich lange Beine.

»Gleich kann die Show beginnen, Julian. Und in zwei Stunden kannst du schon fertig sein. Dann rufe ich Karen an, dass sie dich abholen«, plauderte er unbekümmert.

Aber dann stockte er, runzelte die Stirn und trat näher. Sie reagierte so seltsam. Im Klartext: Sie reagierte überhaupt nicht.

»Weshalb antwortest du mir nicht?«, fragte er sie.

Julian Torster verhielt sich regungslos und starrte in die Nacht, als gäbe es dort draußen hinter dem vergitterten Fenster etwas unheimlich Faszinierendes zu beobachten.

»Ist dir nicht gut?«, fragte Garden misstrauisch. Doch er erhielt wiederum keine Antwort.

Nun wurde er etwas ärgerlich. »Gut, wenn du nicht reden willst, so ist das deine Angelegenheit. Ich bezahl dich ja auch nicht dafür. Aber jetzt zieh dich gefälligst um. Meine Freunde warten auf dich. Immerhin habe ich für dich ein nettes Sümmchen auf den Tisch gelegt.« Eigentlich war das gelogen, denn Karen hatten ihm Julian kostenlos überlassen.

David Garden erwartete diesmal keine Antwort und er ging zum Schrank und holte das Negligé heraus, das sie sich anziehen sollte.

»Also, nun mach schon«, knurrte er und warf das durchsichtige Gefummel auf das Bett.

Julian jedoch rührte sich nicht vom Fleck. Unbeweglich starrte sie aus dem Fenster.

Wütend packte er sie nun an den Schultern und riss sie herum. Erschrocken blickte er in zwei stumpfe, glanzlose Augen, die durch ihn hindurchsahen.

»Verdammt, was ist nur mit dir los?«, zischte er und spürte plötzlich, dass irgendetwas nicht stimmte. Unten warteten seine Freunde. Auf keinen Fall wollte er sein Gesicht verlieren.

Wahrscheinlich will sie sich nicht vor mir ausziehen, redete er sich ein, um sich selbst zu beruhigen. Obwohl das kompletter Unsinn war. *Ann Sun, sie wird sie zur Vernunft bringen. Frauen unter sich … das werde ich machen.*

»Ich schicke meine Freundin hoch, damit sie dir ein wenig hilft«, sagte er darum laut zu Julian und hoffte, dass sie sich endlich aus ihrer Starre lösen würde. Garden verließ das Zimmer.

Julian blickte gegen die nackte Zimmertür und begann sich langsam zu entkleiden. Ein grauer, fester Schleier lag über ihrem Gehirn. Sie versuchte zu überlegen, was das alles bedeutete. Was sollte sie nur hier?

Doch sie fand nicht die richtige Antwort. Ihre Gedanken waren zäh wie erkaltender Teer. Nur Gedankenstücke durchdrangen diesen dichten, grauen Schleier.

Manchmal sah sie eine elegant gekleidete Frau in ihrer Erinnerung, die sie hämisch anblickte, auch ein muskulöser Mann tauchte zuweilen vor ihrem geistigen Auge auf. Und manchmal war er nackt.

Julian spürte Widerwillen in sich aufsteigen. Dennoch zog sie den Reißverschluss ihres Minikleides auf und streifte es von den Schultern. Achtlos ließ sie es zu Boden gleiten.

Warum bin ich hier?, fragte eine Stimme in ihr, die aus weiter Ferne durch ihren Schädel hallte, aber nirgends auf eine Antwort stieß. Erinnerungslücken füllten ihr Hirn.

Benommen wandte sich Julian wieder dem Fenster zu und blickte hinaus. Die Schwärze dort draußen lockte sie aus einem unerklärlichen Grund. Wenn sie etwas von der Scheibe zurücktrat, konnte sie sich wie in einem Spiegel betrachten. Einen Augenblick hatte sie Spaß daran.

Gedankenfetzen tummelten sich durch ihr Hirn, versuchten zueinanderzufinden, Gedankenketten zu ergeben. Doch jede irrte für sich allein an den anderen vorbei.

Nur für wenige Sekunden leuchtete manchmal ein zusammenhängendes Bild in ihr auf, das sie aufrüttelte. Doch sie fand nicht den Zusammenhang, der ihr alles erklären konnte.

»Und doch gibt es ihn«, murmelte Julian leise. Ihre Gedanken versanken plötzlich wieder in einem Meer von Watte.

Wie ein Automat zog sie sich die Stiefel aus. Verständnislos blickte sie zum Bett, wo das Negligé lag. Sie erinnerte sich dunkel, dass der fremde Mann sie aufgefordert hatte, es anzuziehen. Doch weshalb sollte sie das tun?

In dem Augenblick ging die Tür wieder auf, Ann Sun trat ein. Einen Moment musterte sie Julian mit den feindseligen Augen einer Frau und Konkurrentin. Ann musste eingestehen, dass Julian einen fast vollkommenen Körper hatte.

Solange David Garden sie nicht abschob, konnte es ihr egal sein. Und Garden war weit davon entfernt. Das hatte sie bemerkt. Außerdem wusste sie jetzt schon etwas zu viel über ihn. Die Rolle in seinem nächsten Film war ihr schon so gut wie sicher.

»Bist du soweit, Kleine?«, fragte sie betont burschikos. »Die Herren der Schöpfung sind schon ganz gespannt auf den Einzug der Königin. Du lasst sie besser nicht warten.«

Dass sie keine Antwort bekam, machte sie erst stutzig und dann ärgerlich.

Die denkt wohl, dass sie was Besseres ist, dachte sie aufgebracht und sagte laut: »Na komm, zieh schon das Ding an. Garden hat es nicht gern, wenn man seine Freunde sitzen lässt.«

»Natürlich«, sagte Julian plötzlich mit fast tonloser Stimme und griff nach dem Negligé, das Ann Sun ihr hinhielt. Bedächtig zog sie es an. Die Gedanken wirbelten in ihrem Kopf durcheinander.

Plötzlich schreckte Julian zusammen. Einen Moment gab das tiefe Wattemeer sie frei und klare Gedanken durchströmten sie.

Gefahr! – Ich bin in Gefahr!, rief eine Stimme in ihr und sie hatte plötzlich tierische Angst. Irgendetwas Schreckliches war mit ihr geschehen.

Ann Sun merkte, dass etwas in Julian vorging.

»Was siehst du mich denn so an?«, fauchte sie schließlich, als sie Julians Blick nicht länger ertragen konnte. »Es wird ja nicht das erste Mal sein, dass du es gegen Geld machst. Also zier dich nicht länger.«

Abfällig verzog sie den Mund und musterte Julian. In diesem Negligé, das äußerst gewagt geschnitten war, sah das junge Mädchen richtig verdorben aus. Selbstverständlich war sie es für Ann Sun auch. Hätte sie sich denn sonst für solch eine schmutzige Steche zur Verfügung gestellt? Das, was sie selbst machte, war natürlich etwas ganz anderes.

»Nun geh schon runter!«, rief Ann Sun unwillig und schob sie vor sich her.

Julian zögerte und der Schweiß trat ihr auf die Stirn. Irgendetwas musste sie tun, sie musste fort von hier. Aber sie wusste ja noch nicht einmal, wo sie sich befand.

Aber auf einmal fiel ihr wieder ein, was man mit ihr gemacht hatte. Sie zitterte.

Mit einem schrecklichen Schrei drehte sie sich um und sah im gleichen Moment auf dem kleinen Tisch neben der Tür den schweren Alabasterleuchter. Ohne lange zu überlegen griff Julian danach und schlug damit auf Ann Sun ein.

In panischem Schrecken riss Ann Sun die Arme hoch, um ihren Kopf zu schützen. Doch ihre Reaktion kam nicht früh genug. Der Leuchter krachte gegen ihren Schädel.

Mein Gott, was soll das …, dachte Ann Sun noch und sank dann zu Boden.

Einen Augenblick starrte Julian auf Ann hinab. Verwunderung und Bestürzung über ihre eigene Handlung standen auf ihrem Gesicht. Dann ließ sie den Leuchter fallen und riss die Tür auf. Sie rannte den Flur hinunter.

»Ann? Was ist passiert?«, rief von unten eine aufgeregte Stimme.

»Da hat jemand geschrien!«

»Kommt mit!«

Julian hörte eilige Schritte auf der Treppe. Gehetzt sah sie sich um und im letzten Augenblick fiel ihr der Vorhang ins Auge, der eine kleine Abstellkammer vom Flur abtrennte. Schnell huschte sie hinter den Vorhang.

Gerade im rechten Augenblick. David Garden kam schon den Flur entlanggestürmt, gefolgt von seinen beiden Freunden. Als alle drei im Gästezimmer verschwanden, wusste Julian, dass sie jetzt fliehen musste, wollte sie ihre Chancen nutzen.

Sie stieß den Vorhang beiseite und eilte die Treppe hinunter. Als sie die Haustür aufriss, hörte sie wütende Stimmen hinter sich. Man verfolgte sie schon.

Voller Angst rannte sie in die Nacht hinaus. Kühler Wind ließ das Negligé flattern. Nach den ersten Metern stolperte sie über eine Baumwurzel und ging zu Boden. Schnell rappelte sie sich wieder auf und blickte zum Landhaus zurück. In der hell erleuchteten Tür sah sie eine Gestalt.

Schnell rannte sie weiter. Nur fort von hier. Mit keuchenden Lungen und nackten Füßen hastete sie durch die Nacht. Dorniges Gestrüpp riss ihr allmählich das Negligé in Fetzen.

»Verdammt, es ist pechschwarz draußen!«, hörte sie eine zornige Stimme. »Du wirst sie auf keinen Fall mehr finden. Die braucht sich doch nur hinter einem Gebüsch zu verkriechen. Davon gibt es hier ja genug. Ich verstehe das alles nicht. Weshalb ist sie denn bloß weg?«

»Verfluchter Mist«, rief eine andere Stimme voller Wut. »Warum muss das gerade jetzt passieren!«

Julian Torster schüttelte sich vor Angst. Plötzlich blieb sie stehen. Das Wattemeer hatte sie wieder. Sie stand in der Dunkelheit und fror.

Was wollte sie hier draußen? Weshalb war sie aus dem Haus geflohen? Was war nur passiert?

Verständnislos taumelte sie weiter. Erst jetzt spürte sie die Schmerzen. Sie tastete sich durch das dichte Gestrüpp.

Auf einmal hatte sie keinen Boden mehr unter den Füßen und stürzte in eine flache Grube, die sie in der Dunkelheit nicht hatte sehen können. Ein stechender Schmerz durchzuckte ihr linkes Bein am Fußgelenk.

Angst, Schmerz und Verwirrung beherrschten sie für Minuten, sodass sie zu keiner Bewegung fähig war. Zitternd kauerte sie in der Grube, die Finger in die feuchte Erde gekrallt.

Eine Ewigkeit verging.

Schließlich stand sie mit schmerzverzerrtem Gesicht wieder auf und humpelte weiter. Von Weitem hörte sie Geräusche und sah Lichtkegel durch die Nacht geistern.

Julian ging direkt auf den Lichtschein zu. Doch mit einem Mal war das Licht, das sie eben noch gesehen hatte, verschwunden, um dann etwas später wieder weiter links von ihr aufzutauchen. Sie verstand es nicht.

Julian begann zu rennen und in ihrem Fußgelenk pochte es dumpf.

Es waren Scheinwerfer von Kraftfahrzeugen, aber zu diesem Schluss war ihr Gehirn nicht fähig. Wie eine ferngelenkte Puppe ging sie auf die Lichter zu …

*

Obwohl die Tachonadel schon über die Hundertmeilenmarke hinausgewandert war, blieb es ruhig im Fahrgastraum. Die Zylinder des Rolls-Royce Phantom V arbeiteten fast lautlos. Nur ein stärkeres Summen war zu vernehmen.

Cynthia Barrington drehte am Radioknopf. Endlich hatte sie den gewünschten Sender gefunden, der Musik bis in die frühen Morgenstunden ausstrahlte. Sie lehnte sich in die schweren Lederpolster zurück und ließ sich von der Musik berieseln.

»Die beste Musik bringen die Radiostationen meist in der Nacht«, meinte sie müde.

Lord Morton blickte zu ihr rüber. »Wahrscheinlich gibt es zu wenig gute Musik«, antwortete er, um sie etwas zu unterhalten.

Cynthia lachte. »Ich finde es wundervoll, nachts in einem so gemütlichen Wagen unterwegs zu sein. Man sieht nur Bruchstücke der Umgebung, und die auch nur für Sekunden«, plauderte sie und fiel bald wieder in ein müdes Schweigen. Sie dachte an das herrliche Essen und daran, dass Cliff Forster kurz vor dem Exitus stand. Aber daran war nun nicht viel zu ändern. Lord Morton würde tun, was in seiner Macht stand, und das war eine ganze Menge.

Lord Morton jagte den schweren Wagen mit hoher Geschwindigkeit über die A23 nach Brighton. Mit dem Rolls-Royce konnte er sich das erlauben. Zudem war es Nacht und die Straße lag ausgestorben im Scheinwerferlicht.

Die Halogenlampen sandten grellweiße Lichtfinger in die Nacht, die durch die Schwärze schnitten und den Asphalt in grelles Licht tauchten. Lord Morton kannte die Strecke Brighton-London-Brighton wie seine eigene Westentasche – besser sogar. Einige Hundert Male war er diese Strecke bestimmt schon gefahren.

Lord Morton kannte hier jeden Strauch und jeden Baum. Mit absoluter Sicherheit wusste er, wann er vor welcher Kurve herunterzuschalten hatte.

»Wir haben es bald geschafft«, meinte er nach einer Weile, denn er wollte Cynthia vor dem Einschlafen bewahren.

»Werden Sie sofort operieren, Glenn?«

»Es wird sich wohl nicht umgehen lassen.« Er konnte sich auch eine angenehmere Tätigkeit vorstellen, aber nach Grimsbys Bericht zu urteilen, müsste er es eigentlich schon jetzt hinter sich haben.

Cynthia nickte und wusste, was das für Lord Morton bedeutete: mehrere Stunden am Operationstisch stehen. Und das nach diesem anstrengenden Tag! Manchmal verstand sie nicht, wie Glenn das alles bewältigen konnte.

»Hoffentlich hält Forster durch.« In ihrer Stimme klang Zweifel mit. Sie wusste ja, welches risikoreiche Experiment Lord Morton mit Cliff Forster gewagt hatte. Eine komplette Lungentransplantation birgt eine Menge Risiken in sich. Überlebenschancen sind bei derlei Operationen so gut wie null. Das war allen Beteiligten klar gewesen. Doch sie hatten Cliff etwas mehr Zeit gegeben.

»Warten wir es ab«, erwiderte Lord Morton lakonisch. »Notfalls wiederholen wir den Versuch. Grimsby wird sich um einen passenden Spender und Empfänger kümmern müssen.«

Cynthia Barrington wollte etwas erwidern, doch etwas Unvorhergesehenes veranlasste sie, die Augen erschrocken aufzureißen und zu schreien.

»Glenn!«

Lord Morton sah die Gestalt, als der Wagen aus der Kurve wieder in die Gerade kam. Aus der Dunkelheit tauchte sie plötzlich vor seinem Wagen auf. Die grellen Scheinwerfer erfassten sie und schienen die Gestalt körperlich abzutasten.

Lord Morton reagierte mit unbegreiflicher Schnelligkeit, riss den Wagen auf die rechte Fahrbahn und lenkte sofort gegen, als das Heck auszubrechen drohte. Dennoch wurde die Gestalt vom linken Kotflügel erfasst.

Ein Schrei flog an ihnen vorbei, dann lag der Spuk schon hinter ihnen. Sofort trat Lord Morton in die Bremse und brachte den Wagen zum Stehen.

Unangenehm, dachte er, denn er übersah schon jetzt die Folgen, die dieser Unfall mit sich bringen würde. Polizei, Krankenwagen, Protokolle, womöglich noch ein paar freche Reporter. Doch jetzt war daran nichts mehr zu ändern.

»Habe ich mich erschrocken«, gestand Cynthia und schämte sich, dass sie geschrien hatte. »Es ging alles so schnell …«

»Ich habe sie auch zu spät bemerkt«, murmelte er. *Weshalb ist sie mir denn nicht ausgewichen? Sie muss mich doch schon von Weitem gesehen haben.* Krachend legte er den Rückwärtsgang ein.

»Sie ist direkt in den Wagen gelaufen. Wenn Sie nicht so reagiert hätten, Glenn …«

»Sehen wir nach«, meinte Lord Morton knapp. »Nehmen Sie die Stabtaschenlampe aus dem Handschuhfach. Ja, diese.« Er verließ den Wagen. Seine Augen gewöhnten sich schnell an die Dunkelheit, während er die Straße hinunterging. Cynthia folgte ihm mit der Taschenlampe.

»Dort! Im Straßengraben!«, rief sie und ließ den Lichtkegel zu der betreffenden Stelle wandern.

»Sie scheint noch zu leben. Hoffentlich ist sie nicht zu schwer verletzt«, hoffte er.

Der Lichtschein reichte nicht ganz bis zum Straßengraben, aber dennoch konnte er sehen, dass sich die Gestalt bewegte.

Mit schnellen Schritten ging Lord Morton weiter.

Einen Augenblick später traf der Lichtschein die Urfallperson mit ganzer Stärke. Lange Haare bedeckten ihr Gesicht.

»Mein Gott!«, stieß Cynthia hervor.

Lord Morton war nicht weniger erstaunt. Diese Frau war so gut wie nackt.

»Dieses – dieses Nachthemd ist ja …«, begann Cynthia und sah ihn verlegen an.

Lord Morton konnte sich ein Grinsen trotz allem nicht verkneifen. »Recht unkonventionell, auch für heutige Begriffe«, half er ihr und wusste, dass es noch reichlich untertrieben war.

Verständnislos schüttelte Cynthia den Kopf. Sie betrachtete die Frau in dem seltsamen Negligé mit Misstrauen.

Lord Morton untersuchte die Frau erst mal gründlich. Ihre linke Körperseite sah recht scheußlich aus und war blutverschmiert. Doch der Eindruck täuschte. Er stellte schnell fest, dass keine Knochen gebrochen waren. Nur oberflächliche Fleischwunden, natürlich war das nur eine notdürftige Diagnose. Erst eine Röntgenuntersuchung konnte letzte Klarheit bringen.

»Haben Sie Schmerzen? – Versuchen Sie einmal aufzustehen«, redete Lord Morton auf die am Boden Liegende ein. Aber Julian stöhnte nur leise und gab keine Antwort.

»Ist sie schwer verletzt?«

Lord Morton zuckte die Achseln. »Sieht nicht danach aus. Scheint, dass ich sie nur hauchdünn gestreift habe. Doch so auf die Schnelle lässt sich das hundertprozentig nicht sagen. Es sind innere Verletzungen möglich. Leberriss, Quetschungen. Aber ihre Reaktion gefällt mir nicht. Kommen Sie mal mit der Lampe etwas näher heran, Cynthia. Ja, gut so. Leuchten Sie ihr einmal ins Gesicht.«

Cynthia schwenkte den Lichtkegel zum Gesicht hoch. »Mein Gott, sie ist ja fast noch ein Kind?!«, entfuhr es ihr.

Lord Morton war nicht minder erstaunt. »Achtzehn oder neunzehn«, schätzte er nachdenklich. Er blickte ihr in die Augen und zog die Lider zurück. Die Pupillen waren unnatürlich stark geweitet und blickten starr. Sofort wurde er an Reginald Dee erinnert. Eine dunkle Ahnung stieg in ihm auf, als sie auf nichts reagierte.

»Sie ist fast noch ein Kind!«, wiederholte Cynthia fassungslos. »Was ist mit ihr?«

»Irgendetwas ist faul«, gestand Lord Morton. »Sieht fast so aus, als befände sie sich in einem Rauschzustand.«

»Aber ein so junges Ding«, beharrte sie.

Lord Morton verstand, was sie damit sagen wollte. »Sie haben recht. Normalerweise zieht ein junges Mädchen so etwas nicht an. Das zeugt von Erfahrung.«

»Normalerweise.«

Lord Morton sah zu Cynthia hoch. »Meine Bewunderung. Sie haben es gelernt, Hinweise richtig zu deuten und Vermutungen anzustellen.« Sofort wurde er wieder ernst. »Dieses Mädel muss sofort untersucht werden.« Außerdem war etwas faul an der Sache, dem wollte er auf den Grund gehen.

»Fliehen … fliehen«, murmelte Julian plötzlich und schlug wild um sich.

»Ich glaube, wir nehmen sie mit«, entschied Lord Morton. »Bevor ein Krankenwagen hier ist, kann es vielleicht schon zu spät sein. Man kann nie wissen.«

»Nach unten oder in die Klinik?«

»Nach unten«, antwortete Lord Morton knapp und ging zum Wagen zurück.

»Aber … aber weshalb?«

Cynthia Barrington wusste, dass niemand in die unterirdischen Räume gebracht wurde, dessen Tod nicht schon feststand. Weshalb jedoch sollte dieses junge Ding sterben? Sie maßte sich keine Kritik an, dazu verehrte sie ihren Chef zu sehr und vertraute seinen Entscheidungen, doch in dem Fall …

Lord Morton hatte ihre Gedanken erraten. »Sie soll und wird nicht sterben, Cynthia. Im schlimmsten Fall wird sie eine Erinnerungslücke haben. Ich werde ihr eine Spritze geben.«

»Danke«, murmelte sie nur.

Lord Morton nahm seine Arzttasche aus dem Wagen.

»Es ist besser, wir nehmen sie mit uns. Ich habe eine Vermutung, der ich nachgehen möchte. Ich glaube nicht, dass ein normales Krankenhaus ihr so helfen kann wie wir.«

Cynthia nickte. »Natürlich, Glenn«, atmete sie erleichtert auf.

»Fassen Sie mit an, Cynthia«, forderte er sie dann auf, nachdem er Julian notdürftig versorgt und ihr eine Spritze gegeben hatte.

»In den Kofferraum?«

»Dort ist sie am besten aufgehoben. Im Kofferraum eines Rolls-Royce zu liegen ist oft bequemer als auf den Sitzen von manch einem Kleinwagen«, scherzte er.

»Ich kann Ihnen nicht widersprechen«, erwiderte Cynthia und ein amüsiertes Lächeln umspielte ihre Lippen. Immer wieder bewunderte sie seine Fähigkeit, eine Sachlage innerhalb von Sekunden zu überschauen und sich darauf einzustellen.

Eine Minute später war Julian hinten im Rolls-Royce verschwunden. Lord Morton machte sich noch die Mühe, alle Spuren zu verwischen, die Hinweise auf einen Unfall hätten geben können. Anschließend lenkte er den Wagen nach Brighton weiter.

Sekunden danach hatte er Grimsby mittels des Autotelefons an der Leitung.

»Grimsby.«

»Hören Sie zu, William«, begann Lord Morton knapp, während er den Wagen routiniert mit einer Hand lenkte. »Wir bekommen Besuch.«

»Unangenehmen?«

»Das ist noch nicht sicher. Ich habe nur eine Vermutung. Bereiten Sie alles für den Empfang vor. Ich werde den Röntgenapparat sofort benötigen.«

»Gut, wann werden Sie eintreffen, Sir?«

Dr. Morton warf einen Blick auf die Uhr und den Meilenanzeiger. »Gute zwanzig Minuten.«

»Es ist viel Zeit«, murmelte Grimsby.

Dr. Morton verstand. »Wie geht es ihm?«

»Kritisch, sehr kritisch, Sir.«

»Ich werde mich beeilen.«

»Fahren Sie vorsichtig«, warnte Grimsby ihn, was sonst eigentlich nicht seine Art war. Sentimentalitäten und Ähnliches waren ihm fremd.

Sie legten auf.

Cynthia Barrington drehte sich zu ihrem Chef. »Ich habe überlegt und nach einer Erklärung gesucht, was das Mädchen betrifft. Aber ich finde keine.«

Lord Morton trat das Gaspedal durch und der Wagen machte förmlich einen Satz nach vorn. Die Zylinder wurden lauter, und es klang, als freuten sie sich, endlich einmal ihre Leistungsfähigkeit zeigen zu können.

»Wir werden es schon herausbekommen. Verlassen Sie sich darauf.« Es war sein voller Ernst. Er konzentrierte sich nun ganz auf die Straße. Ein Unfall genügte für diese Nacht …

*

Grimsby schloss hinter dem Rolls-Royce schnell die Hoftür. Dieser Hof gehörte noch zu Lord Mortons Privatklinik in Brighton. Weil hierauf kein Fenster hinausging, war man hier vollkommen unbeobachtet. Das war auch der Grund gewesen, weshalb man einen der geheimen Gänge zu den unterirdischen Anlagen hierher verlegt hatte.

»Wie geht es Cliff Forster?«, war Dr. Mortons erste Frage, kaum dass er den Wagen zum Stehen gebracht hatte.

»Exitus«, murmelte Grimsby hart.

Morton schwieg einen kurzen Augenblick. Eigentlich hatte er damit gerechnet. Cliff Forster hatte keine große Chance gehabt, aber dennoch …

Irgendwie fühlte er sich niedergeschlagen. Das war bei jedem Fehlschlag so, auch wenn dieser unbedingt hatte kommen müssen. Von diesem Gefühl, den Kampf mit dem Tod verloren zu haben, konnte er sich nicht befreien.

»Wir haben mit seinem Tod gerechnet«, erinnerte ihn Grimsby ruhig.

Lord Morton straffte sich. »Natürlich, William. Wir sprechen noch später darüber.«

»Cliffs Leichnam hat sich schon im Säuretank aufgelöst.«

»Gut. Jetzt zu dem Problem hinten im Kofferraum.«

»Werde mich darum kümmern.« Grimsby ging nach hinten. Als er den Öffnungsmechanismus betätigte, klappte die Haube hoch.

»Mein lieber Mann!«, stieß er erstaunt hervor. Seine Augen musterten das fast nackte Mädchen, das da lag. Plötzlich fühlte er eine Unruhe in sich aufbrechen. Ein nacktes Mädchen, jung und hübsch, genau sein Typ, wenn nicht diese pechschwarzen Haare gewesen wären. Aber sonst …

»Das nenne ich netten Besuch«, sagte er und blickte Lord Morton fragend an.

Sir Glenn hatte ihn beobachtet, denn er kannte Grimsbys Schwäche nur zu gut. Vielleicht war es wirklich etwas für ihn. Doch er schlug sich diesen Gedanken gleich aus dem Kopf. Er hatte Cynthia ein Versprechen gegeben und das würde er halten. *Vielleicht bringt uns das junge Ding noch eine Menge Unannehmlichkeiten,* dachte er voller Ahnungen, während er die Zahlenkombination in den versteckten Computer programmierte, der die Tür entriegelte.

Grimsby trug die bewusstlose Julian Torster die Treppe hinunter und er zwang sich, nicht ständig auf ihre Brüste zu starren.

»Wie sind Sie zu diesem … diesem Mädchen gekommen? Sie ist ja fast noch ein

Kind«, erkundigte er sich, nachdem er sie in eine Zelle gebracht hatte.

»Es war ein Unfall«, begann Morton zu erzählen.

Grimsby hörte ihm aufmerksam zu und nickte nur dann und wann. Dr. Morton äußerte seine Vermutung. Schließlich sagte er: »Machen Sie eine Röntgenaufnahme. Anschließend bringen Sie das Mädchen in den Operationsraum und geben ihr eine Droge.«

»Das wird das Beste sein«, stimmte Grimsby ihm zu und ging.

Morton ging schon in den OP vor und gab Reginald Dee einige Anweisungen, während er sich die Hände wusch und den Kittel überzog.

Grimsby hatte mit Julian Torster keine Schwierigkeiten. Die Spritze wirkte noch immer. Nachdem er die Aufnahme gemacht hatte, brachte er sie in den Operationsraum. Jetzt trug sie einen lose umgeworfenen Bademantel. Dr. Morton vergewisserte sich zuerst einmal, dass sie keine inneren Verletzungen davongetragen hatte. Nach einer halben Stunde waren die Hautprellungen und die Verstauchung des linken Beines versorgt.

Reginald Dee blickte Julian mit großen Augen an, aber sonst zeigte er keine besondere Reaktion. Er rasierte ihr den Hinterkopf handtellergroß kahl und schnallte sie schließlich auf Lord Mortons Geheiß am Operationssessel fest.

»Versuchen wir es mit dem Wahrheitsserum?«, wollte Grimsby wissen.

Morton schüttelte den Kopf. »Nein, ich glaube nicht, dass es in diesem Fall helfen wird.«

»Weil sie unter Rauschgift steht?«

»Genau. Sie ist geradezu vollgepumpt. Das Serum kann dagegen nicht an. Vielleicht hat sie auch schon den Verstand verloren. Da hilft nur eins«, entschied Lord Morton.

»Gehirneingriff«, stellte Grimsby kühl fest.

Morton nickte. »Wir werden nur einen sehr begrenzten Eingriff vornehmen, William. Mögliche Schädigungen sollen um jeden Preis vermieden werden.«

Grimsby sah seinen Chef überrascht an. Diese Zurückhaltung verstand er nicht ganz. Wenn sie doch den Verstand verloren hatte …

»Ich habe es Cynthia versprochen, dass das Mädchen wieder in Freiheit gelassen wird, falls wir sie über den Damm bekommen.«

»Ich verstehe.« Grimsby lächelte verständnisvoll. Er hielt sich an Lord Mortons Anweisung.

Dr. Morton fuhr nun das Gerät, mit dem der Schädel genau vermessen werden konnte und das oben an der OP-Decke in einer Schiene lief, herunter und zeichnete die Stelle ein, wo er Julians Schädel öffnen würde.

»Das Skalpell«, ordnete Lord Morton an. Reginald Dee hatte die notwendigen Operationsbestecke auf einen brusthohen Glastisch neben sich und reichte Dr. Morton, was er brauchte.

Unter diesen Bedingungen war es gar nicht mal so einfach, ein freies Arbeitsgebiet zu schaffen, denn er durfte ja nur einen kleinen Schnitt ausführen.

Die Hautlappen klafften auf, Blut strömte hervor und Reginald brachte die Blutung zum Stehen. Es waren Routinearbeiten.

»Klammern! Aber vorsichtig!«

Reginald Dee befestigte die Klammern an die Hautlappen und achtete darauf, dass durch den Zug der Schnitt nicht noch vergrößert wurde.

»Jetzt den Bohrer«, forderte Lord Morton. Der lange, matt glänzende Schädelbohrer hatte diesmal einen besonders kleinen Bohrkopf.

Ein leises Summen erfüllte den Raum, als Lord Morton ihn einschaltete. Unter normalen Umständen wäre der Patient Zeuge des

Eingriffs gewesen. Dr. Morton zwang ihn dazu. Doch Julian stand unter dem Einfluss von Rauschgift und Spritzen. Sie hatte die Augen geschlossen.

Wie durch Butter fraß sich der Bohrer durch den Knochen. Dieser Schädelbohrer war eine Spezialkonstruktion von Grimsby. Das Knochenmehl wurde von feinen Düsen abgesaugt.

»Schon geschehen«, murmelte Dr. Morton nach wenigen Augenblicken und reichte den Schädelbohrer an Reginald Dee zurück.

Julian Torster saß regungslos im Operationssessel und blickte jetzt ins Leere. Es schien sie überhaupt nicht zu interessieren, was mit ihr passierte.

Grimsby unternahm den Versuch, sie anzusprechen, aber er erhielt keine Antwort.

»Voll bis zur Halskrause«, sagte er.

Lord Morton überprüfte noch einmal die Körperfunktionen des Mädchens. Ihr Puls war den Umständen nach fast normal zu nennen. Das sagte ihm, dass sie von dem ganzen Vorgang nichts mitbekommen hatte.

»Sie nimmt uns gar nicht wahr«, stellte Lord Morton fest. »Persönlichkeitsspaltung, hervorgerufen durch ein zu hohes Maß an Rauschgift.«

Grimsby war zu demselben Schluss gekommen. »Ohne Sonderbehandlung werden wir dann nichts aus ihr herausbekommen.«

»Es bleibt uns nichts anders übrig. Ist alles bereit, Reginald?«

Reginald Dee nickte mechanisch. »Ja, Sir. Der Stromkreis ist geschlossen.«

»Dann geben Sie mir die Reizsonde«, befahl Lord Morton knapp.

Reginald Dee reichte ihm einen etwa fünfundzwanzig Zoll langen Metallstab, der einen Durchmesser von einem viertel Zoll hatte. Die Sonde an der Spitze glich einem größeren Stecknadelkopf. Auch diese Reizsonde kam aus Grimsbys technischer Wunderküche.

»Schalten Sie auf halbe Stufe, William.«

Grimsby stand an einem kleinen Schaltpult, das mit Schaltern und Skalen übersät war. Er legte einen Hebel um und beobachtete die Skalen, als er den Regler auf 0,5 schob.

Morton senkte die Reizsonde nun behutsam durch die kleine Schädelöffnung in das Gehirn. Ein leichtes Zucken ging durch den Körper des Mädchens, als Dr. Morton die richtige Gehirnstelle erreicht hatte.

»Wie heißt du?«, klang nun Lord Mortons ruhige Stimme durch den Operationssaal.

Julian öffnete langsam den Mund und schien gegen einen inneren Widerstand ankämpfen zu müssen. Ihre Lippen bewegten sich.

»Julian ... Julian ... Torster«, gab sie dann stockend von sich.

Grimsby blickte stirnrunzelnd hoch. Der Name kam ihm irgendwie bekannt vor. Nur wusste er augenblicklich nicht, wo er ihn einzuordnen hatte. So konzentrierte er sich wieder auf seine Arbeit am Schaltpult.

Lord Mortons Fragen kamen nun schnell und präzise.

Er wusste, dass man solch eine Behandlung mit der Reizsonde nicht beliebig lange durchführen konnte.

»Wie alt bist du?«

»Achtzehn.«

»Wo wohnst du?«

»Wales ... Forwaike ... Denver Road 12«, antwortete sie wie ein in Trance befindliches Medium. Ihr Atem wurde schneller.

»Was hast du heute Nacht gemacht?«

Julian Torster keuchte. »Fliehen ... fliehen ...«

»Weshalb bist du geflohen?«, hakte Lord Morton sofort ein. Die Reizsonde gab dem Erinnerungszentrum Impulse, konnte jedoch die Richtung nicht genau bestimmen. So war es möglich, bei schlecht gestellten Fragen die Erinnerung in eine vollkommen andere Richtung zu drängen. Er musste sich aber auch beeilen, denn sonst trieb er sie mit der Sonde in einen unheilbaren Wahnsinn.

»Karen ... Karen ... Haus ... Ich ... will ... nicht! Lasst mich los! ... ich ... will ... nicht!«, schrie sie plötzlich.

»Wer ist Karen?«

Julian Torster wimmerte und zuckte am ganzen Körper. Ihr Gesicht war verzerrt. Grimsby blickte zu ihr rüber. Sein Blick ging zu ihrem Schädel, in dessen Öffnung der metallene Stab funkelte.

»Wer ist Karen?«, wiederholte Lord Morton seine Frage und beobachtete sie genau.

Julian Torster stöhnte.

Grimsby warf ihm einen fragenden Blick zu, sagte aber nichts, sondern schoss den Regler nun auf Stufe 1 vor.

Julian Torster keuchte.

»Wer ist Karen?«, fragte Lord Morton nun zum dritten Mal, während Grimsby einen düsteren Blick auf die Zeituhr warf, die genau festhielt, wie viel Reizeinheiten Julians Gehirn schon erhalten hatte. Der Zeiger näherte sich gefährlich der kritischen Marke. Doch er sagte nichts. Lord Morton kannte sich mit diesem Gerät bestens aus.

»Karen ... Cosmetics ... Salon London ... Landhaus«, wimmerte sie.

»Was macht Karen? Wie ist ihr Nachname?«

»Karen ... Landhaus ... Call ... Girl ... viele ... viele ... mich ...«

»Viele was?«

»Mädchen ... viele ... Mädchen ... Karen ... Keller ... Männer ... ge...zwungen«, kam es stockend über ihre Lippen, die blutleer waren.

»Karen hat euch Mädchen gezwungen, mit den Männern zu schlafen?«, wiederholte Lord Morton.

»Ja ... ja ...«

»Wo warst du vorhin?«

»Landhaus ...«

»Wo?«

»Wessen Landhaus ...«

Sie röchelte.

»Schalten Sie höher Grimsby!«, rief Lord Morton und biss sich auf die Lippe. Er musste es herausbekommen. Er hatte nur noch wenige Sekunden.

Julian schien zu vibrieren. Ihre Zähne klapperten aufeinander. »Gar...den ... David ... Gar...den ... Flucht ... Männer ... Leuchter«, lallte sie nun und verkrampfte sich völlig.

»Ausschalten!«, rief Lord Morton und zog die Reizsonde heraus. Schweiß stand auf seiner Stirn.

Dennoch dachte er erst an Julian und spritzte ihr ein Serum, dass die Wirkung der Reizsonde zum Teil neutralisierte – sofern nicht wichtige Teile zerstört waren.

Julian Torster entspannte sich und sank erschöpft in sich zusammen, soweit es die Gurte zuließen. Reginald Dee verschloss die kleine Öffnung in ihrem Schädel und legte einen Verband an.

Lord Morton wartete, bis Grimsby die Skalenwerte in sein besonders dafür vorgesehenes Berichtsheft eingetragen hatte.

»Es scheint sich um einen ganz besonderen Callgirl-Ring zu handeln«, begann Lord Morton, nachdem Reginald Dee Julian aus dem Operationsraum geschafft hatte. Er verzog angewidert das Gesicht.

Grimsby war mit ihm einer Meinung. »Ich glaube, Sie wollen dieser Sache nachgehen, nicht wahr?«

Lord Morton band sich den Kittel vom Körper. »Ich überlege es mir gerade.«

»Wir hätten jetzt die Möglichkeit, zwei Fliegen mit einem Schlag erwischen zu können«, gab Grimsby zu bedenken und ein leichtes Lächeln hatte sich in seinen Mundwinkeln eingenistet. »Unser guter Freddy wartet schon auf den großen Tag.«

Lord Morton sah ihn prüfend an.« Sie denken auch immer praktisch, nicht wahr, Grimsby?«

»Dafür bin ich ja da«, grinste er. »Wenn wir uns eins nicht leisten können, dann sind das Sicherheitsrisiken und Gefühle. Jedenfalls auf die Arbeit bezogen«, fügte er schnell hinzu, denn er dachte dabei an seine Gefühle, die ihn manchmal derart quälten, dass er sich einfach Erleichterung verschaffen musste.

Dass diese Erleichterung zwangsläufig den Tod eines hübschen, blonden, jungen Mädchens zur Folge hatte, war eine traurige, aber nicht abänderliche Notwendigkeit. Er spürte jetzt, dass es bald wieder so weit war.

Morton zeigte jedoch mit keiner Mine, dass er an Grimsbys Schwäche erinnert worden war.

»Es stimmt. Freddy hat lange genug gewartet. Es würde ein interessanter Versuch sein. Dieses neue Versuchsmaterial, von dem Sie sprechen, könnten wir dazu gut gebrauchen«, sagte Lord Morton in das betretene Schweigen. »Diese Transplantationsversuche verbrauchen unseren Bestand an Patienten äußerst schnell.«

Grimsby atmete erleichtert auf und war sofort bei der Sache. »Ein kleiner Nachschub wäre deshalb recht günstig.«

Nachdenklich legte Lord Morton den Kopf zur Seite und blickte auf die Reizsonde, die neben dem Schädelbohrer auf dem Glastisch lag.

»Dann werden wir uns wohl auf Julian Torster stützen. Sie haben schon eine Idee, Grimsby?«

»Nicht direkt. Es ist mehr ein Schatten von einem Plan, auf Vermutungen aufgebaut.«

»Ihre Vermutungen haben meist den Wert von Tatsachen«, erwiderte Lord Morton auf Grimsbys Bescheidenheit. »Nun?« Lord Morton sah ihn erwartungsvoll an, denn er kannte Grimsby so gut, um zu wissen, dass er schon während des Eingriffes Überlegungen angestellt und mögliche Konsequenzen durchdacht hatte.

»Das Mädchen war so gut wie nackt, als Sie es fanden.«

Lord Morton nickte stumm.

»Ihre Fußsohlen waren relativ heil, sodass sie eigentlich nicht weit gelaufen sein kann«, fuhr Grimsby in seinen Überlegungen fort. »Sie muss also in der Nähe der A23 von einem Landhaus geflohen sein. Nahe der Stelle, wo Sie sie angefahren haben.«

»Das müsste doch anhand einer Karte leicht festzustellen sein«, warf Lord Morton ein und sie gingen in den Aufenthaltsraum und holten eine detailreiche Karte aus dem Barockschrank. Sie beugten sich darüber. Lord Morton konnte sich an die Stelle des Unfalls sehr gut erinnern.

»Hier war es.« Er legte einen Finger auf den Punkt.

»Dann gibt es nicht viele Möglichkeiten. Mit diesen Füßen wird sie kaum mehr als eine Meile gelaufen sein, und in diesem Umkreis gibt es nur ein Haus. Zwei weitere liegen etwa zwei Meilen von der Straße entfernt«, stellte Grimsby anhand der Karte fest. »Ich glaube nicht, dass Julian aus diesem Dorf hier kam. Man hätte sie gesehen. Außerdem, wer sollte in diesem Kaff solch ein Mädchen bei einem Callgirl-Ring bestellt haben?«

Lord Morton nickte zustimmend, gingen seine Überlegungen doch in die gleiche Richtung. »Es kommen somit nur die drei Besitzer der Landhäuser infrage.«

»Es wird nicht schwierig sein herauszufinden, welches dieser Landhäuser einem gewissen David Garden gehört.«

»Sie wollen heute Nacht noch los?«

»Mir wäre es auch lieber, wenn Maurice mit von der Partie wäre. Doch ehe er hier ist, wird es schon hell geworden sein. Immerhin werden die anderen, denen Julian davongelaufen ist, auch nicht gerade untätig bleiben.«

Lord Morton überlegte nicht lange. »Gut, William. Dann werden wir beide die Sache übernehmen. Ich werde das Mädchen für unseren Ausflug entsprechend präparieren. In einer halben Stunde können wir fahren.«

*

David Garden war stinkwütend. Wie ein Tiger im Käfig lief er im Wohnzimmer auf und ab. »Verdammt, weshalb hast du nicht aufgepasst, Ann!«, brüllte er.

Ann Sun saß tief im Sessel versunken. Ihr Schädel brummte noch immer von dem gewaltigen Schlag, den Julian ihr verpasst hatte. Erst hatte sie Davids Wutausbrüche hingenommen, aber jetzt wurde es ihr allmählich zu viel.

»Was kann ich dafür?«, zischte sie.

David Garden blieb stehen und stemmte die Hände in die Hüfte. »Das fragst du auch noch? Du hast doch meinen Freunden alles versaut!«

Ann Sun lachte abfällig. »Ich? Dass ich nicht lache? Willst du mich dafür verantwortlich machen, dass dieses Mädchen nicht ganz klar im Kopf ist? Fast hätte die mir den Schädel eingeschlagen. Aber das interessiert dich wohl gar nicht.«

»Nein, tut es auch nicht«, fauchte Garden zurück und überlegte, was er tun sollte. Eigentlich müsste er Karen benachrichtigen.

Garden fühlte sich unwohl. Scott und Edgar waren schon vor einer halben Stunde gefahren. Sie wollten nach London und sich da etwas aufgabeln. Und das mit dem Alkoholspiegel.

Aber das war seine kleinste Sorge.

»Verdammter Mist«, fluchte David Garden laut und goss sich einen Drink ein. Mit einem Schluck kippte er ihn hinunter. Es roch verdammt nach Ärger. Was war nur zu tun?

»Diese Göre war ja total verdreht«, sagte Ann Sun noch mal. Mit Schaudern dachte sie an den Augenblick, als sie die schwere Lampe in der erhobenen Hand des Mädchens sah.

»Und wenn! Scott und Edgar wollten sich mit ihr auch kaum über den Nobelpreis unterhalten«, maulte er und ließ sich in einen Sessel fallen.

»Was jetzt?«, wollte Ann Sun wissen. Inzwischen hatte sie sich wieder etwas beruhigt. Die Vernunft gewann bei ihr die Oberhand. Sie dachte an ihre Karriere. David Garden war ihr Sprungbrett. Wenn ihr auch der Schädel brummte, musste sie doch gute Miene zum bösen Spiel machen, wollte sie sich seine Gunst nicht verscherzen.

»Ja, was jetzt?«, äffte David sie nach und wusste selbst keine Antwort.

»Ruf doch die Frau an, die dir Julian geschickt hat«, schlug Ann Sun in ihrer Naivität vor. Von den dunklen Seiten dieses Geschäfts hatte sie keine Ahnung.

»Anrufen soll ich sie? Du bist gut. Und was erzähle ich ihr? Dass du sie hast entfliehen lassen? Was meinst du, was ich dann für einen Ärger bekomme!«

»Wieso entfliehen?«, fragte sie verwundert.

»Ach, du kannst mich mal«, brummte er und bedauerte, schon so viel gesagt zu haben. Garden konnte sich die Haare raufen. Jetzt hatte er nicht nur seine Freunde enttäuscht, sondern auch einen Teil seines Ansehens bei ihnen verloren. Aber das war nicht alles. An Karen wollte er gar nicht denken.

»Es war ein Unfall«, murmelte er vor sich hin. »Karen ist selbst schuld, wenn sie mir so etwas andreht. Das hat sie noch nie gemacht. Sie hätte sie mir nicht schicken dürfen. Nicht in dem Zustand.«

»Was kannst du denn dafür? Soll diese Karen oder wie sie auch heißt das ausbaden«, meinte Ann. Sie verstand gar nicht, weshalb er sich solche Gedanken machte.

»Wenn das so einfach wäre«, seufzte Garden und goss sein Glas randvoll.

»David!« Ann Sun richtete sich auf.

»Was ist denn nun schon wieder?«, fragte Garden ungehalten.

»Mir ist, als hätte ich am Terrassenfenster ein Gesicht gesehen«, rief sie aufgeregt.

»Wer sollte sich denn da herumtreiben?«

»Julian natürlich.«

David Garden runzelte die Stirn. »Julian? Das glaub ich nicht. Weshalb sollte sie hierher zurückkommen, Ann?«

»Sie ist doch vollkommen nackt«, gab Ann Sun zu bedenken. »Außerdem ist sie doch nicht ganz klar im Kopf.«

»Stimmt.«

Ann Sun erhob sich. »Es ist wohl das Beste, wenn ich mich draußen mal umsehe. Vielleicht ist sie wirklich dort.«

David Garden nickte eilig. Er war froh, dass Ann in die Nacht hinausgehen wollte. Es war nicht so, dass er direkt Angst gehabt hätte, aber er war doch etwas schreckhaft. Wenn Ann freiwillig ging, konnte es ihm nur zu recht sein.

»Das ist kein schlechter Gedanke, Liebling«, meinte er deshalb wohlwollend. »Vielleicht ist sie es wirklich.«

»Hoffentlich«, entgegnete Ann und griff nach der Taschenlampe, die im Schlüsselkasten lag. Entschlossen verließ sie das Landhaus, das abseits von der Hauptstraße in waldiger und hügliger Umgebung lag.

Ann Sun sog die frische Nachtluft tief ein. Es war herrlich erfrischend nach dieser Qualmerei im Wohnzimmer. Allmählich gewöhnten sich ihre Augen an die Dunkelheit. Aus den gardinenverhängten Fenstern drang nur wenig gelbes Licht in die Nacht. Ann Sun blieb einen Augenblick stehen und sah sich um.

Sollte ich mich wirklich getäuscht haben?, fragte sie sich.

Sie schüttelte den Kopf. Dazu hatte sie heute zu wenig getrunken. Sie konnte einfach nicht glauben, dass es eine Sinnestäuschung gewesen sein sollte.

»Julian! Julian! Melden Sie sich!«, rief sie in die Nacht. »Kommen Sie zurück. Sie werden sich erkälten!«

Einen Moment lauschte sie, aber nichts Verdächtiges war zu vernehmen. Doch plötzlich drang ein kurzes Rascheln an ihr Ohr.

Sie ist hinter dem Haus!, schoss es ihr triumphierend durch den Kopf. Sie war sich vollkommen sicher, dass kein Tier dieses Rascheln verursacht hatte.

Ann Sun verließ den breiten mit Platten ausgelegten Zufahrtsweg und ging an den Blumenbeeten vorbei. Ihr Ziel war die rückwärtige Seitenfront des Hauses.

Dort wuchsen Sträucher und manch anderes wildes Gebüsch. David hielt nicht viel davon, die Landschaft um das Haus herum ein wenig zu kultivieren. Einziges Eingeständnis seinerseits waren die Beete rechts und links vom Eingang.

Ann Sun hörte das Rascheln zum zweiten Mal und verhielt. Es hatte sich etwas entfernt, das Geräusch. Da war es wieder.

»Julian! Bleiben Sie doch stehen. Wir tun Ihnen nichts! ... Kommen Sie wieder zurück!«, rief sie und lief hastig auf den vermeintlichen Ort zu. Der Lichtkegel der Taschenlampe wanderte über knorrige Äste, wilde Sträucher und hohes Unkraut. Dann entdeckte sie einen schmalen Durchlass. Die Taschenlampe auf den Boden gerichtet zwängte sie sich durch das Gestrüpp.

Plötzlich legte sich eine Hand auf ihren Mund.

Im ersten Moment erstarrte sie, dann wollte sie schreien und nackte Angst überflutete sie.

»Den geringsten Laut, Schöne, und du warst einmal!«, zischte ihr jemand bedrohlich ins Ohr.

Ann Sun versuchte sich aus dem schmerzhaften Griff des Mannes zu befreien, doch es war vergeblich. Nicht einen Millimeter lockerte sich die Schraube um ihren Hals. Grimsby hatte sie so gepackt, dass alles Sträuben zwecklose Kraftvergeudung war.

»Gehen Sie los!«, fauchte er sie leise an und passte auf, dass sie keinen Laut von sich geben konnte. Es musste jetzt alles sehr schnell gehen.

»Rechts!«, befahl Grimsby nach etwa zwanzig Yards.

Ann Sun war verwirrt. Und ihre Verwirrung wurde plötzlich noch mehr gesteigert, als sie plötzlich Julian neben einer schweren, alten Eiche stehen sah. Der Mann neben ihr schien kein Gesicht zu haben, denn der Schlagschatten des Baumes tauchte sein Gesicht in pechschwarze Nacht.

»Sie ist auf den Trick reingefallen wie geplant«, sagte Grimsby zufrieden und stieß Ann Sun vor sich her.

»Was wollen Sie von mir?«, begehrte Ann Sun auf, als Grimsby nun die Hand von ihrem Mund nahm, wagte jedoch nicht laut zu werden, denn sie sah die beidseitig geschliffene Klinge von Grimsbys Messer. Die Spitze zeigte genau auf ihren Hals. Ein dicker Frosch schien in ihrer Kehle zu sitzen.

»Hier stelle ich die Fragen!«, fuhr Grimsby sie an.

Lord Morton wollte er aus der Sache erst mal heraushalten. Es reichte, wenn sie ihn sprechen hörte. »Dieses Mädchen ist vor Ihnen geflohen?«

Ann Sun blickte zu der Halbnackten hinüber und nickte unwillkürlich. »Julian hätte mir beinahe den Schädel eingeschlagen.« Sie tastete nach der Beule. »Scott und Edgar waren verdammt sauer.«

»Wer sind Scott und Edgar?«

»Freunde von David.«

»Wer ist David?«

Ann Sun versuchte krampfhaft, ihre Angst zu unterdrücken. »David ... David ist Filmproduzent. Er ist mein Bekannter ... ja ... und ihm gehört das Haus ...«

Grimsby verzog das Gesicht. »Und du bist so ein Filmsternchen, he?«

Für einen Augenblick vergaß Ann Sun die Situation, in der sie sich befand. Drohend funkelte sie ihn an. »Was erlauben Sie sich eigentlich? Ich verlange eine Erklärung von Ihnen! Das ist ja Entführung, was Sie machen.« Ann holte Atem. »Was geht mich diese blöde Julian an!«

»Sie sind ein schlaues Filmsternchen«, nickte Grimsby. »Dass es so etwas noch gibt – sonst bringen die doch nur die Betten zum Quietschen.« Dabei grinste er sie unverschämt an. Doch innerhalb einer Sekunde wurde er wieder ernst. Das Messer zuckte auf sie zu.

»Über das Thema können wir uns später noch unterhalten, Schöne«, sagte er mit kalter Stimme, dass Ann Sun fröstelte. Instinktiv spürte sie die tödliche Gefahr, die von ihm ausging.

»Wer ist alles im Haus?«

Ann Sun zögerte nicht einen Augenblick mit der Antwort. »Nur David.«

»Und Scott und Edgar?«

»Sie sind nach London gefahren – ein Mädchen aufgabeln«, antwortete sie widerwillig.

Grimsby lachte kurz. »Muss ja enttäuschend gewesen sein. Vielleicht hat ihnen das ihr Leben gerettet.«

Fragend blickte Ann Sun ihn an und versuchte, in seinen Augen zu lesen. Da der Schein der Taschenlampe jedoch schräg auf sie gerichtet war, konnte sie kaum etwas erkennen.

»Ich glaube, dann sollten wir es hinter uns bringen, Sir«, sagte Grimsby zu Lord Morton gewandt.

Dr. Morton nickte kaum merklich und löste sich aus seiner Bewegungslosigkeit, nahm Julian am Arm und kam auf Ann Sun zu.

»Sie werden jetzt vorausgehen, Schöne. Bei der kleinsten dummen Bewegung stoße ich Ihnen das Messer in die Rippen. Damit wir uns verstehen«, murmelte Grimsby bedrohlich.

Ann Sun wusste, dass es keine leere Drohung war.

Während sie zum Haus zurückging und in ihrem Rücken die Messerspitze deutlich spürte, wirbelten die Gedanken in ihrem Hirn durcheinander.

Wo kamen die beiden fremden Männer her und was wollten sie? Wo hatten sie Julian überhaupt gefunden? Hatten sie vielleicht etwas mit dieser mysteriösen Karen zu tun?

»Gehen Sie weiter«, befahl Grimsby.

Ann Sun riss die Augen weit auf, um nicht über Stein oder eine Wurzel zu stolpern. Sie hatte Angst, dass dieser Kerl hinter ihr so etwas falsch auslegen und zustoßen würde. Sie hatte nicht vor, für David ihren Kopf hinzuhalten. Wenn er Dreck am Stecken hatte, sollte er sehen, wie er mit der Sache fertig wurde. Weshalb sollte sie etwas riskieren?

Sie bereute plötzlich ihren Entschluss, sich mit David Garden eingelassen zu haben. Man hatte sie vorher gewarnt, aber sie hatte nur an ihre Karriere gedacht. Jetzt saß sie dafür in solch einer misslichen Situation.

Grimsby hielt Ann Sun zurück. Sie standen knappe zehn Yards von der Haustür entfernt. Das wenige Licht, das aus der Tür fiel, erhellte die Beete davor.

»Sie werden jetzt ganz langsam in das Haus gehen«, unterrichtete Grimsby sie und seine Stimme ließ keinen Zweifel, dass sie sich Tricks nur einmal erlauben würde.

»Ja …«, hauchte sie.

»Man wird Ihnen folgen und dann kommen wir«, fügte Grimsby hinzu. »Wenn Sie Ihren lieben David warnen, wird es das Letzte gewesen sein, was Sie in Ihrem Leben getan haben.«

»Ich werde alles tun, was Sie sagen«, keuchte sie.

Grimsby lächelte zufrieden und wirbelte das Messer einmal um den Finger. »Dann kann es ja losgehen.« Er gab ihr einen kleinen Stoß.

Lord Morton kam mit Julian an Grimsby vorbei. »Scheint ja alles in Butter zu sein«, murmelte Grimsby.

»Hoffentlich bleibt es auch so«, antwortete Lord Morton ruhig und schob Julian vor. Grimsby und er folgten mit etwas Abstand.

Ann Sun schritt die Stufen hoch. Julian folgte dicht hinter ihr. Sie blickte starr geradeaus wie eine Puppe.

David Garden blickte auf, als die beiden ins Wohnzimmer kamen.

»Julian!«, stieß er überrascht hervor und er glaubte, seinen Augen nicht trauen zu dürfen. »Teufel, dann hast du doch recht gehabt. Wo hast du sie gefunden?«

Ann Sun biss sich auf die Lippen. Jetzt wünschte sie, nichts gesehen zu haben. Aber dafür war es nun zu spät. Wo waren nur die beiden Fremden geblieben? Sollte sie David warnen?

»Was ist denn los mit dir?«, fragte Garden verwundert und stand nun mit dem Rücken zum Flur. Irgendetwas musste draußen vorgefallen sein, das spürte er deutlich. Ann sah so erschreckend bleich aus. Außerdem brachte sie kein einziges Wort über die Lippen.

»Was ist vorgefallen?«, fragte er nochmals.

»Gar nichts, Mr. Garden«, sagte da eine freundliche Stimme in seinem Rücken.

Erschrocken fuhr David Garden herum und blickte in Grimsbys lächelndes Gesicht.

»Mann, haben Sie mich erschrocken«, gestand Garden und atmete laut aus. »Wie kommen Sie überhaupt in mein Haus?«

Misstrauen keimte in ihm auf. Jetzt sah er Lord Morton, der in der Diele stand.

»Durch die Tür, Mr. Garden«, antwortete Grimsby freundlich.

»Sie haben mich bedroht und gezwungen, sie hereinzulassen, David!«, kreischte Ann Sun nun und die ungeheure Spannung entlud sich in diesem Aufschrei.

»Gezwungen?«

»Schluss jetzt!«, rief Grimsby hart. »Sie haben diese Julian gemietet, nicht wahr?«

David Garden starrte ihn böse an. »Und wenn, was geht Sie das an! Sie sind in mein Haus eingedrungen. Wenn Sie nicht sofort verschwinden, rufe ich die Polizei an!« Grimsby verlor sein freundliches Lächeln immer noch nicht. »Wirklich?«, fragte er leise.

David Garden schnaufte unwillig. Seiner stattlichen Körpergröße war er sich wohl bewusst. Aber bevor er selbst Gewalt anwenden musste, rief er doch lieber die Polizei an. Vielleicht genügte diese Drohung schon, um die Kerle aus seinem Haus zu vertreiben.

»Ich habe Sie gewarnt!«, meinte Garden und schritt zum Schreibtisch, auf dem das Telefon stand. Garden griff zum Hörer und wählte. In dem Augenblick erzitterte der Schreibtisch leicht und die Leitung war tot.

Zu Tode erschrocken blickte David Garden auf die Platte. Das Messer, das Grimsby geworfen hatte, zitterte noch nach, steckte schräg im Teak und hatte mit der Klinge das Kabel zum Telefonapparat präzise durchtrennt.

Ungläubig ließ David Garden den Hörer auf die Gabel zurücksinken und schluckte mehrere Male. Dabei hatte er doch gar nicht gesehen, dass dieser Kerl nach dem Messer gegriffen und geworfen hatte!

Konnte man zudem überhaupt so genau treffen? Grimsby grinste breit und hielt in der Hand ein zweites Messer. Mit einer schnellen

Beugung hatte er das Telefongespräch vereitelt. Ruhig ging er zum Schreibtisch und zog das Messer aus der Platte. »Ich hoffe, Sie sind überzeugt, Mr. Garden, dass die Polizei hier nichts zu suchen hat«, sagte er dann ganz ruhig.

»Ja, ja, natürlich«, murmelte Garden erschrocken.

»Dürfte ich Sie bitten, den rechten Arm freizumachen, Mr. Garden?«, bat Grimsby jetzt höflich. »Sie natürlich auch«, sagte er zu Ann Sun gewandt.

»Was ... was haben ... Sie vor?«, stammelte David Garden und machte einen Schritt auf Grimsby zu.

Mit einer irrsinnig schnellen Bewegung hatte Grimsby wieder das Wurfmesser in der Hand. Eine kraftvolle Handbewegung folgte und das Messer schnitt durch die Luft.

Abrupt blieb David Garden stehen, denn das Messer war durch die Schuhspitze in den Boden gedrungen. Nun wusste er mit absoluter Sicherheit, dass diese tödliche Präzision, mit der Grimsby die Messer warf, kein Zufallsprodukt war.

Es ist zwecklos, Widerstand leisten zu wollen. Gegen diese Profis komme ich nicht an. Ich muss auf meine Chance warten, dachte Garden grimmig. Deshalb krempelte er sich das Hemd hoch. Ann folgte seinem Beispiel.

»Sie haben also Vernunft angenommen«, meldete sich Lord Morton nun zu Wort und trat ins Wohnzimmer. Während Grimsby sich mit Garden und Ann Sun beschäftigt hatte, war er mit dem Aufziehen der Spritze beschäftigt gewesen.

»Was wollen Sie von uns?«, wollte Garden wissen und seine Stimme klang heiser. Dass er Angst hatte, wollte er sich nicht eingestehen.

Lord Morton sah ihn mit unbewegtem Gesicht an. Mit einem getränkten Wattebausch

rieb er eine Stelle am Unterarm sauber und setzte die Spritze.

»Zuerst einige Informationen«, antwortete Lord Morton nun mit etwas Verspätung und wiederholte die Prozedur bei Ann Sun. Der Stoff, den er ihnen einspritzte, würde für kurze Zeit ihren Willen brechen.

»Informationen? – Zuerst?« Garden spürte allmählich, dass ihm das alles sehr gleichgültig wurde.

Grimsby nickte. »Zuerst einige Informationen und dann das Leben«, vervollständigte er Dr. Mortons Gedankengang.

Dieser warf ihm einen belustigten Blick zu. »Fertig«, sagte er schließlich. »Das ging ja einfacher als gedacht.«

»Sir Henry wird sich ärgern, dass er das verpasst hat, der alte Abenteurer«, meinte Grimsby vergnügt.

Lord Morton erwiderte das Schmunzeln. »Es wird bestimmt auch für ihn noch genug Arbeit geben, William.« Sie verließen das Landhaus und Julian, Ann und David folgten ihren Befehlen wie Marionetten ...

*

»Maurice Vaultier ist leider verhindert«, informierte Grimsby Lord Morton am nächsten Morgen. In der Nacht hatten sie ihre neuen Patienten in die unterirdische Klinik gebracht, jedoch noch kein Verhör vorgenommen.

»Wird denn die gesamte Truppe benötigt?«, fragte Sir Henry, der siebente Earl of Saffron, unternehmungslustig. Lord Morton hatte ihn schon zu früher Stunde angerufen. Natürlich war er sofort gekommen. Wenn Glenn ihn brauchte, war er stets zur Stelle.

Sie saßen jetzt im unterirdischen Aufenthaltsraum und Dr. Morton gab seinem Freund einen knappen Überblick über die Ereignisse der vergangenen Nacht.

»Callgirl-Ring«, nickte Sir Henry nachdenklich. »Und zwar ein Ring, der sich offensichtlich auf junge Mädchen spezialisiert hat«, fügte Grimsby hinzu.

»Ungeheuerlich!«, entrüstete sich der siebente Earl of Saffron und blickte in die Runde. »Und dieser Garden ist einer von den Abnehmern?«

Lord Morton nickte gelassen. »Garden ist Filmproduzent und umgibt sich wohl nicht nur mit Filmsternchen, sondern scheint seine Vorliebe für junge Mädchen auszuleben.«

»Sollte diese Julian nicht ein Geschenk für seine Freunde sein?«, fragte Sir Henry, denn er erinnerte sich, was Lord Morton vor Kurzem erzählt hatte.

Lord Morton machte eine knappe Handbewegung, als Grimsby anzüglich sagte: »Sie glauben doch nicht, dass dieser Kerl solch eine Gelegenheit ungenutzt lässt.«

»Wie dem auch sei. Wichtig ist zuerst einmal zu erfahren, wer diese Karen ist.«

»Nach Julians Aussage besitzt sie einen Schönheitssalon in der Londoner Innenstadt«, sagte Grimsby.

Sir Henry lächelte. »Solch ein Geschäft ist dafür auch die richtige Tarnung. Es sind doch stets die alten Tricks.« Sir Henry schüttelte über so viel Einfallslosigkeit den Kopf.

Lord Morton zuckte die Achseln. »Uns soll es recht sein, Henry, wenn wir dadurch nur weniger Arbeit haben.«

»War dieses Unternehmen überhaupt so notwendig?«, erkundigte sich der Earl. Seine Frage war nicht als Kritik gedacht. Er wollte vielmehr erfahren, inwieweit der Bestand an Patienten solch einen Einsatz nötig gemacht hatte.

Morton hatte ihn auch richtig verstanden. »Es war ein günstiger Zufall, der uns Julian über den Weg geführt hat.«

»Vor den Wagen geschmissen«, murmelte Grimsby leise und wurde dafür von Lord Morton mit einem leichten Schmunzeln bedacht.

»Cliff Forster hat die Operation nicht überstanden«, fuhr Lord Morton fort. »Natürlich haben wir damit gerechnet. Doch nicht, dass es schon so schnell passierte.«

»Er war schon sehr geschwächt«, meinte Sir Henry. »Soweit ich das als Laie überhaupt beurteilen kann.«

»Kein Understatement, Henry. Inzwischen haben Sie sich schon erstaunlich viel medizinisches Fachwissen angeeignet«, entgegnete Dr. Morton.

Grimsby lachte. »Sir Henry macht seine Hausarbeiten sehr gut.«

Sir Henry nahm dieses Lob dankbar entgegen. Seinem Freund Lord Morton war er in vielem dankbar. Dass er sein Leben der schnellen Reaktion und den genialen chirurgischen Fähigkeiten des berühmten Arztes verdankte, war eigentlich nur eine Nebensache.

Lord Morton hatte ihn schnell in die verschworene Gemeinschaft aufgenommen. Obgleich er bei manchen Einsätzen nicht immer das Optimalste geleistet hatte, hatte Morton ihn das doch niemals spüren lassen.

»Wann wollen Sie mir denn einmal assistieren?«, fragte Lord Morton scherzhaft.

Sir Henry hob abwehrend die Hände. »Dann lieber einen kleinen Mord«, meinte er lachend.

»Das können Sie bald haben«, sagte Grimsby trocken.

Lord Morton unterdrückte ein Lächeln, als er Sir Henrys Gesicht sah. Sein Freund war eben nicht so wie sie in der Lage, seine Gefühle abzuschalten und nur an das Notwendige denken zu können.

»Wie gesagt«, nahm Lord Morton das Thema wieder auf, »diese Transplantationen verbrauchen eben in erheblichem Maße Patienten – mehr als die Gehirnoperationen. Deshalb bin ich eigentlich recht dankbar, dass wir David Garden und seine Freundin hier unten haben. So kann die Versuchsreihe ungestört weiterlaufen.«

»Vielleicht lässt sich der Bestand durch einen weiteren Einsatz noch etwas mehr auffüllen«, ergänzte Grimsby.

Sir Henry schüttelte sich in Gedanken, als er überlegte, was Grimsby gerade so emotionslos geäußert hatte. Es klang so unpersönlich, und doch waren Menschen gemeint. Menschen, die bei den Versuchen ihr Leben lassen würden.

Reiß dich zusammen! Da bist du doch schon längst drüber hinweg!, mahnte er sich selbst in Gedanken und machte ein unbeteiligtes Gesicht, hoffend, dass Lord Morton und Grimsby seinen Gedanken nicht erraten hatten.

Bei Glenn war er sich nie sicher. Seine Fähigkeiten, die Gedanken und Meinungen anderer zu erraten, grenzte fast an Wunder.

»Sie wollen den Callgirl-Ring demnach sprengen, Glenn?«, fragte der siebente Earl of Saffron schnell, um auf andere Gedanken zu kommen.

Verständnisvoll lächelte ihn Lord Morton an, was Sir Henry etwas verlegen machte.

»Die Gelegenheit ist einfach günstig, Henry. Ich glaube, dieser Garden wird uns keine großen Schwierigkeiten bereiten.«

»Wer wagt es schon, nach einer Spezialbehandlung noch schwierig zu sein«, warf Grimsby ein.

Sir Henry konnte sich nun eines Lächelns nicht erwehren. Grimsby dachte immer gleich praktisch und wusste sofort, was zu geschehen hatte. Sir Henry bewunderte Lord Mortons Genialität und hegte großen Respekt vor Grimsbys eiskaltem Verstand.

»Sie haben recht, Grimsby.«

Lord Morton erhob sich. »Gehen wir zu David Garden. Wir werden dann sehen, ob er freiwillig zur Mitarbeit bereit ist.«

Grimsby grinste breit. »Wir werden wohl ein wenig nachhelfen müssen, Sir.«

»Vielleicht ist es nicht einmal schlecht, wenn er eine Demonstration dessen bekommt, was ihn alles erwartet, wenn er Schwierigkeiten macht«, überlegte Lord Morton.

»Schaden kann es nie«, stimmte Grimsby zu.

»Wir werden sehen.«

Sie gingen über den hell erleuchteten Flur zu den Zellen der Patienten, die alle nicht aus freien Stücken hier unten waren. Außer Julian würde wohl niemand von ihnen das Tageslicht jemals wieder erblicken.

Grimsby öffnete vor einer Zelle die komplizierte Verriegelung und dann die Tür.

Lord Morton ging voran. Grimsby und Sir Henry folgten ihm.

David Garden hatte die Schritte auf dem Flur gehört und war sofort hellwach. Die ganze Nacht hatte er nicht schlafen können, was auch kein Wunder war. In seinem Gehirn rumorte es.

Weshalb hatte man ihn und Ann nur entführt? Wieso hatten sie Julian in ihrer Gewalt gehabt? Welche Rolle spielte Julian überhaupt? Hatte Karen vielleicht ihre Finger in diesem dreckigen Spiel?

Diese Fragen schwirrten durch seinen Kopf. Außerdem machte er sich Gedanken über seinen möglichen Aufenthaltsort. Die Zelle war äußerst modern eingerichtet.

Natürlich hatte er sofort die beiden Kameraaugen hinter den dicken Panzerglasscheiben in den zwei oberen Zimmerecken entdeckt. Diese Zelle war nicht provisorisch für eine Entführung eingerichtet, das sah er auf den ersten Blick. Allein diese seltsame Pritsche mit den vielen Gurten und verschiedenen elektrischen Anschlussbuchsen an der Wand sprachen dagegen. Er saß auf der Pritsche und starrte zur Tür.

In dem Augenblick trat Lord Morton in die Zelle.

David Garden sprang von der Pritsche. »Das ist Kidnapping!«, schrie er.

Lord Morton lächelte nachsichtig. »Ich möchte Ihnen auch nicht widersprechen, Mr. Garden, wenn es Sie beruhigt. Weshalb sollten wir uns auch über die Definition streiten.«

David Garden sah ihn verblüfft an. Mit dieser Antwort hatte er keinesfalls gerechnet. Er betrachtete seinen Gegenüber nun genauer. Ein leichter Schock ließ ihn zurücktaumeln, als er plötzlich wusste, mit wem er es zu tun hatte.

»Sind … sind Sie … nicht Dr. Morton … Lord Morton?«, fragte er stirnrunzelnd. Er erinnerte sich daran, dass vor nicht allzu langer Zeit Dr. Mortons Erhebung in den erblichen Adelsstand groß durch die Zeitungen gegangen war.

Lord Morton lächelte und nickte. »Sie haben ein recht gutes Gedächtnis, Mr. Garden.«

David Garden atmete nun etwas auf. Es musste alles ein dummes Missverständnis sein. Wahrscheinlich hatte sich jemand einen bösen Scherz erlaubt und ihn in die Privatklinik von Lord Morton eingeliefert, denn er hatte davon gelesen, dass sich diese Klinik in Brighton befand.

Aber weshalb war er dann in dieser Zelle? Hielt man ihn vielleicht für geisteskrank? Benommen schüttelte er den Kopf.

»Es muss sich um einen ausgesprochen dummen Scherz handeln, Lord Morton. Wie lange bin ich schon hier? Es ist wirklich ungeheuerlich!«, brauste er auf. »Man hat mich letzte Nacht bedroht und entführt!«

»Ich weiß.«

»Das wissen Sie?« Garden fielen fast die Augen aus den Höhlen.

»Aber selbstverständlich, Mr. Garden. Ich werde mich doch noch an das erinnern können, was ich vor wenigen Stunden getan habe. Grimsby bestimmt auch.«

Grimsby verbeugte sich spöttisch. »Natürlich erinnere ich mich. Der Kerl wollte doch wirklich die vollkommen überlastete Polizei bemühen.«

David Garden sah von einem zum anderen und konnte es nicht begreifen. Das verstand er einfach nicht. »Sie scherzen!«

»Dazu habe ich keine Zeit«, erwiderte Lord Morton knapp.

»Sie … waren gestern …?« Betroffen stockte er. Das wollte einfach nicht in seinen Schädel. »Das kann nicht sein. Es waren andere Männer.«

Grimsby fühlte sich geschmeichelt. »Danke für das Kompliment, Mr. Garden. Es tut gut zu hören, dass die Maskerade sogar einen gestandenen Filmproduzenten getäuscht hat.«

»Wollen Sie damit sagen, dass sie sich gestern nur verkleidet hatten?«

»Volltreffer, Mr. Garden«, grinste Grimsby.

»Gewöhnen Sie sich an den Gedanken. Und nun Schluss mit der seichten Konversation, Mr. Garden«, brach Lord Morton den

Wortwechsel hart ab. »Wir sind nicht zum Vergnügen hier.«

»Ich verlange sofort entlassen zu werden, Lord Morton! Sonst werde ich gerichtliche Schritte gegen Sie einleiten müssen«, brüllte Garden nun.

Morton neigte den Kopf zur Seite. »So? Gerichtliche Schritte. Das ist interessant. Wie wollen Sie das anstellen? Hier unten bin ich das Gericht!«

David Garden stutzte. »Was soll das heißen? Ich werde Strafantrag stellen, wenn ich hier heraus bin. Darauf können Sie sich verlassen.«

»Wenn«, meinte Grimsby sanft.

»Ich verstehe nicht ganz ...« David Garden wurde immer verwirrter.

»Wer einmal hier unten in der geheimen Versuchsanlage ist, der ist nicht mehr fähig, einen Strafantrag zu stellen«, erklärte Grimsby kalt.

David Garden kniff die Augen zusammen. Das durfte nicht wahr sein. Lord Morton war ein integrer Mann, eine hoch geachtete Persönlichkeit. Lord Morton! Und nun sollte er plötzlich ein Verbrecher sein? Das war doch ein Hirngespinst. Man spielte ihm Komödie vor. Aber andererseits sprachen diese äußerst seltsamen Begleitumstände für die kaum fassbare Version.

»Sie sind in meiner Gewalt, Mr. Garden. Hier führe ich Regie«, fuhr Lord Morton kühl fort. »Ich möchte von Ihnen nun wissen, wer Karen ist.«

»Karen?«

Unwillkürlich zuckte David Garden zusammen. Sie wussten schon ihren Namen. Woher hatten sie ihn? Julian war doch überhaupt nicht ansprechbar gewesen.

»Sie scheinen sich nicht gut erinnern zu können.«

»Von mir erfahren Sie nichts«, rief David Garden verstockt. »Ich verlange, dass Sie mich sofort freilassen. Sie haben keine Beweise. Mit diesen billigen Tricks bekommen Sie nichts aus mir heraus.«

Lord Morton hob bedauernd die Schultern. »Sie möchten sich also nicht dazu äußern?«

»Das hätten Sie wohl gerne, was? Aber ich bin doch nicht auf den Kopf gefallen!«

»Ich bin auf Ihre Kooperationsbereitschaft nicht angewiesen, Mr. Garden. Wenn Sie mir nicht freiwillig Rede und Antwort stehen wollen, gibt es noch andere Mittel.«

»Pah«, knurrte Garden verächtlich.

»Eine kleine Dusche, Sir?«, fragte Grimsby mit einem hintergründigen Lächeln, das David Garden einen Schauer über den Rücken jagte.

Lord Morton nickte kaum merklich. »Es scheint der einfachste Weg zu sein. Kümmern Sie sich um ihn.«

»So, Freundchen, Regiewechsel«, knurrte Grimsby und kniff die Augen zu einem Spalt zusammen. »Kommen Sie mit!«

»Ich weigere mich. Sie können mich nicht zwingen! Ich verlange, dass mein Anwalt kommt!«, begehrte David Garden auf.

»Witzbold«, murmelte Sir Henry, der bisher schweigend zugehört hatte.

»Eigentlich hätte ich Sie für etwas klüger gehalten, Künstler. Aber es geht auch anders«, meinte Grimsby freundlich. Wie hingezaubert lag plötzlich dieses gefährliche Messer in seiner Hand. Die beidseitig geschliffene Klinge funkelte bösartig.

»Was … soll … der Unsinn?«, krächzte Garden heiser und verspürte wieder diese unerklärliche Angst. Wie ein Blitz durchzuckte ihn die Erkenntnis, dass dies alles kein billiger Trick, sondern nackte, kalte Wahrheit war.

»Gehen Sie voran, Künstler, aber dalli!« Grimsby dirigierte ihn aus der Zelle.

»Das werden Sie bereuen!«, murmelte Garden.

»Wir reden noch darüber. Los, weiter!«

David Garden leistete keinen Widerstand und ging über den Flur. Dabei wunderte er sich über die perfekte Anlage. Je mehr er sah, desto stärker wurde seine Angst.

Dann hatten sie das betreffende Zimmer erreicht.

»Dort hinein!«, befahl Grimsby und öffnete die Tür. David Garden stolperte in den Raum und sah sich um. Aber er konnte nur einen Tisch vor einer langen Glasscheibe erblicken, dazu zwei Stühle und ein Schaltpult, das sich auf dem Tisch befand. Eine Tür führte in den Raum, der sich hinter der Glasscheibe befand.

»Was soll das?«

»Ausziehen!« Grimsby machte ein unmissverständliches Zeichen mit dem Messer, während Lord Morton sich an dem Schaltpult zu schaffen machte.

»Sie sind ja verrückt! Weshalb sollte ich mich ausziehen, Lord Morton, ich verlange eine Erklärung!«

Lord Morton kümmerte sich nicht um ihn. Er tat, als habe er ihn überhaupt nicht gehört.

»Wie Sie wollen.«

David Garden schrie angstgepeinigt auf, als Grimsby mit dem Messer zustieß. Die scharfe Klinge schoss nach vorn und Garden hielt den Atem an. Jeden Augenblick musste die kalte Klinge seine Bauchdecke durchstoßen und in seinen Gedärmen wühlen.

Aber nichts dergleichen geschah.

Erschrocken starrte er an sich herunter. Nur sein Ledergürtel war exakt neben der Schnalle durchtrennt.

Ungläubig öffnete er den Mund.

»Mein Gott, so etwas gibt es doch gar nicht«, murmelte er verstört und blickte zu Grimsby hin, der mit dem Messer wie ein Zirkusartist spielte. Es war ein absolut tödliches Spiel, wenn Grimsby es wollte.

David Garden konnte nicht begreifen, wie jemand mit solch einer Präzision ein Messer handhaben könnte. Schlotternd vor Angst begann er sich hastig zu entkleiden. Als er völlig nackt war, stieß Grimsby ihn in den Raum hinter der Glasscheibe.

Garden befand sich nun in einer Art Zelle. Durch die Glasscheibe konnte er Grimsby und Lord Morton sehen. Sie sprachen über das Schaltpult gebeugt miteinander, das konnte er an den Lippenbewegungen erkennen. Ihre Stimmen konnte er jedoch nicht vernehmen.

Er fühlte sich von der Welt abgekapselt, wie lebendig begraben. Furcht bemächtigte sich seiner. In seiner Nacktheit kam er sich noch schutzloser vor. Er fror, obwohl der Raum gut temperiert war.

Der Fußboden der Zelle war vollkommen glatt. Nur die Decke bildete eine Ausnahme. Sie bestand aus fein perforierten Platten. David Garden wusste nicht, was sie zu bedeuten hatten, und bekam ein noch stärkeres Angstgefühl.

Plötzlich hörte er ein Knacken und dann Lord Mortons Stimme. Irgendwo mussten Lautsprecher installiert sein, obwohl er sie nicht entdecken konnte.

»Sie befinden sich in einer Art Gaskammer, Mr. Garden. Wir werden Sie jetzt mit einem Nervengas behandeln.«

»Nein«, hauchte Garden ungläubig. Das musste ein Traum sein. Das war doch Wahnsinn!

»Wenn ich Ihnen einen guten Rat geben darf, dann setzen Sie sich auf den Boden und ziehen die Beine an. Umfassen Sie die Knie mit den Händen. Das Nervengas wird Ihre gesamte Kraft aufzehren«, fuhr Lord Morton gelassen fort.

»Nervengas? ... Sie sind verrückt!«, brüllte Garden und blieb stehen.

»Sie sind etwas voreilig, Mr. Garden«, kam es aus dem versteckten Lautsprecher, dann knackte es wieder. Lord Morton hatte die Verbindung unterbrochen.

David Garden blickte zur Decke. Wollte man ihn vielleicht auf die psychologische Tour einschüchtern? Er wartete, aber nichts geschah. Schon wollte er spöttisch lachen, als er ein feines Zischen über sich vernahm. Er starrte zur Decke hoch. Zu sehen war nichts, zu spüren auch nichts.

Doch das Zischen klang gefährlich. Es erinnerte ihn an Schlangen.

Plötzlich jedoch verspürte er ein leises Prickeln auf dem Oberarm, das er im ersten Moment völlig ignorierte. Schließlich musste er sich kratzen, denn es war unangenehm.

Doch das Prickeln hörte nicht auf. Im Gegenteil. Es wurde immer stärker und erfasste allmählich seinen ganzen Körper.

David Garden rieb und kratzte sich wie verrückt, doch es brachte ihm keine Linderung. Der Juckreiz wurde immer heftiger. Gegen das Nervengas hatte er keine Chance.

»Aufhören! Aufhören!«, schrie Garden.

Schließlich kamen die Schmerzen. Im ersten Moment waren sie noch auszuhalten, aber dann brandeten sie in immer stärkeren Wellen durch seinen Körper. Garden taumelte zu Boden und erinnerte sich nun an Lord Mortons

Rat. Eilig zog er die Beine an und umklammerte sie.

Aber auch das nutzte jetzt nicht mehr viel. Bald wimmerte er und wälzte sich schreiend auf dem glatten Boden der Zelle. Keine Bewusstlosigkeit rettete ihn vor diesen wahnsinnigen Schmerzen. Er fühlte sich wie ein lebendiges Nadelkissen und schrie hemmungslos wie ein Tier.

Es half nichts. Seine Stimme versagte ihm schnell den Dienst, während die Qualen an Intensität zunahmen. Die feinen unsichtbaren Nadeln fuhren immer wieder in seinen Körper und trieben ihn an den Rand des Wahnsinns. Sie durchbohrten seinen Körper und rissen ihm die Haut auf. Flüssiges Eisen schien über seine Haut zu laufen.

Er kratzte sich die Haut auf und Blut tropfte zu Boden. Er schluchzte und röchelte. Und jetzt wünschte er sich, doch alles freiwillig gesagt zu haben.

Das Chaos der Schmerzen riss ihn mit sich fort. Zuckend lag er in der Zelle.

Irgendwann ebbten die Schmerzwellen langsam ab und David Garden spürte, dass er hochgehoben wurde. Etwas später nahm er nur halb wahr, dass er aus der Zelle herausgetragen wurde. Erschöpft rang er nach Atem.

»Hier, trinken Sie das!«, forderte ihn eine Stimme auf.

Total fertig blickte Garden hoch und sah Grimsby mit einem Glas in der Hand. Mühsam richtete er sich auf. Seltsamerweise spürte er keine Schmerzen mehr, er war nur völlig ausgelaugt. Gierig trank er das Glas leer.

»Wir werden Sie jetzt hoffentlich davon überzeugt haben, dass Widerstand unsinnig ist«, sprach Lord Morton ihn an.

David Garden nickte nur.

»Es war nur eine kleine Dosis Nervengas, Mr. Garden«, fuhr Lord Morton fort. »Wir können die Dosis bei der nächsten Behandlung auch so einstellen, dass Sie den Verstand verlieren.«

»Aber natürlich ganz langsam, Garden. Damit Sie auch etwas davon haben«, fügte Grimsby hinzu.

David Garden erschauderte. Dass sie dazu fähig waren, wusste er jetzt. Es hatte also nicht den geringsten Zweck, sich zu sträuben.

»Ich verstehe«, krächzte er erschöpft.

Morton lächelte. »Wunderbar. Es freut mich zu hören, dass Sie zu einer Zusammenarbeit bereit sind.«

»Was … was wird aus Ann?«, fragte David Garden einen Augenblick später, denn er machte sich wirklich Sorgen um sie.

Grimsby zuckte die Achseln. »Sie ist gut untergebracht. Machen Sie sich über Ihren Augenstern nur keine Gedanken.« Dass Reginald Dee schon alles für eine ganz besondere Operation vorbereitete, wollte er ihm noch nicht sagen. Jetzt noch nicht!

»Also zum Thema, Mr. Garden. Wie kamen Sie zu diesem minderjährigen Mädchen?«, fragte Lord Morton höflich, als befände er sich auf einer vornehmen Gesellschaft. »Sie wussten doch, dass Julian Torster minderjährig ist, nicht wahr?«

David Garden versuchte gar nicht erst, ihn anzulügen, denn es war zwecklos. Er wollte nicht wieder in diese Teufelszelle. Darum nickte er.

»Ja, ich wusste es«, gestand er müde.

»Erzählen Sie mir alles über diesen Callgirl-Ring. Und natürlich auch über sich selbst. Grimsby wird Ihre Angaben überprüfen, Mr. Garden. Sollte etwas nicht ganz der Wahrheit entsprechen, sehe ich mich gezwungen, noch eine Spezialbehandlung an Ihnen vorzunehmen.«

»Nein … ich …«

»Diese Nervengasdusche ist nur eines unserer Mittel, Mr. Garden. Es ist noch das humanste«, sagte Lord Morton kalt.

David Garden begann zu berichten, als befände er sich im Beichtstuhl …

*

Karen Delton kramte in ihrer Handtasche nach der Puderdose. Sie fühlte eine ihr unbekannte Unruhe in sich aufsteigen. Als sie die Dose endlich gefunden hatte, klappte sie sie auf und betrachtete sich in dem kleinen Spiegel.

»Warum bin ich nur so aufgeregt?«, fragte sie sich leise. »Habe ich denn einen Grund dafür? Nur weil Julian nicht wiederaufgetaucht ist?«

Es war natürlich reichlich komisch, dass David Garden gar nichts von sich hören ließ. Garden war eigentlich nicht der Typ, der sich derartige Dinge leistete. Oder hatte er vielleicht vergessen, dass sie so einiges über ihn wusste, was besser nicht bekannt wurde?

Kaum. Aber weshalb hatte er sich dann nicht gemeldet? Das bereitete ihr großes Kopfzerbrechen. Sie fühlte, dass irgendetwas nicht stimmte.

Fahrig puderte sie sich das Gesicht und klappte die Dose zu. Jetzt führte sie diesen exklusiven Callgirl-Ring schon über fünf Jahre mit ihrem Partner, doch so etwas war ihnen noch nicht passiert.

Unruhig blickte sie auf ihre Uhr. Es war kurz nach zwölf. Eigentlich müsste Andy schon längst zurück sein. Wo blieb er nur?

Endlich klopfte es an der Tür ihres luxuriös eingerichteten Büros. Der Kosmetiksalon lief zwar recht gut, hätte aber eine derart kostspielige Einrichtung aus diesem Verdienst niemals gerechtfertigt.

»Herein!«, rief sie ungeduldig.

Ein hoch aufgeschossener junger Mann mit welligem Haar trat zögernd ein. Man sah ihm förmlich an, dass er Respekt, wenn nicht sogar Angst vor Karen Delton hatte.

»Nun, was gibt es? Warst du draußen bei Garden?«, fragte sie unwillig.

Andy nickte schnell. »Natürlich, Madame!«

Karen seufzte. »Und?«

»Ja, also«, begann er stockend.

Ärgerlich funkelte sie ihn an. »Muss man dir alles aus der Nase ziehen, Andy? Was war los, verdammt noch mal?«

Andy zog den Kopf ein. »Ich – ich bin also zu seinem Landhaus rausgefahren, wie Sie mir aufgetragen hatten. Aber weder Mr. Garden noch seine Freundin waren im Haus.«

»Warst du drin?«

Andy grinste. »Klar, Madame. So lasse ich mich doch nicht abspeisen. Ich habe unauffällig ein Fenster geknackt.«

Karen Delton nickte wohlwollend. »Weiter. Was hast du drinnen Besonderes entdeckt?«

»Eigentlich nichts, Madame. Nur eins hat mich etwas stutzig gemacht. Ich weiß nicht, ob das wichtig ist«, sagte er zögernd.

»Heraus damit«, forderte sie ihn auf. Andy war ein zuverlässiger Bursche, der nur etwas langsam war. Sie wusste ihn als williges Werkzeug sehr zu schätzen, wenn er auch nicht gerade helle im Kopf war.

Andy räusperte sich. »Nun, die Schnur des Telefons war durchschnitten. Direkt neben dem Apparat. Außerdem ist genau neben dem Telefon eine tiefe Kerbe in der Schreibtischplatte.«

»Von einem Messer?«

»Kann schon sein.« Andy zuckte die Schultern.

Karen Delton überlegte und blickte dann hoch. »Sonst noch etwas, Andy?«

»Nein.«

»Das ist für dich«, sagte sie wohlwollend und steckte ihm eine Zehnpfundnote zu, denn sie wusste, was Geld bewirken konnte. Andy würde alles für sie tun – sogar töten. Das konnte ganz nützlich sein.

Andy strahlte über das Gesicht. »Vielen Dank, Madame!«

»Lass mich jetzt allein!«, wies sie ihn an und er folgte ihrem Wunsch augenblicklich. Mit einem einfältigen Grinsen verließ er ihr Büro.

Karen Delton blieb einen Moment regungslos an ihrem Schreibtisch sitzen und überdachte, was Andy ihr gerade berichtet hatte.

Das Telefonkabel war durchtrennt.

Sie seufzte. Das konnte natürlich viel bedeuten. David Garden war Filmproduzent und gehörte damit zu der Kategorie Künstler. Sie kannte ihn recht gut und wusste auch, zu welch impulsiven Handlungen er fähig war. Diese durchtrennte Telefonschnur konnte sehr gut auf seine Rechnung gehen.

Aber weshalb war er spurlos verschwunden? Auch in seiner Londoner Wohnung und in den Studios war er nicht zu erreichen. Das war verdächtig. Zumal er genau wusste, dass er Julian wieder abzuliefern hatte.

»Das ist verdächtig«, murmelte sie und griff zum Telefonhörer. Sie wählte eine lange Nummer und wartete.

Endlich wurde abgenommen. »Ja?«, fragte eine Stimme gedehnt und Misstrauen schwang deutlich in ihr mit.

Karen Delton lächelte verhalten. Der gute George gab sich auch am Telefon keine Blöße. Das war gut so. Gerade wegen dieser Vorsicht war bisher bei ihnen auch noch nichts schiefgelaufen. In diesem gefährlichen Job hieß das etwas.

»Ich bin es, George«, meldete sie sich.

Die Stimme am anderen Ende der Leitung veränderte sich schlagartig. War sie zuerst kalt und distanziert gewesen, so war sie nun lebendig und warm.

»Hallo, Karen. Was macht das gute alte London?«

»Es ist laut und stinkt.« Seine Stimme gab ihr sofort das Vertrauen zurück.

»Dann hat sich ja nicht viel geändert.«

»Eigentlich nicht, nur ...«

»Ärger im Geschäft?«

»Es geht um ›J‹. David hat sie noch nicht zurückgebracht.«

»Vielleicht ist er gut in Form?«, meinte George lachend.

»Schon möglich. Doch er ist nicht in seinem Haus. Andy war draußen. Das Telefonkabel ist durchtrennt und keine Spur von ihm.«

George schwieg einen Augenblick. »Die Konkurrenz?«, fragte er schließlich knapp.

»Ich weiß es nicht. Eigentlich ist es völlig unmoglich, aber vielleicht ...«

»Was hast du vor?«

»Ich werde ihm noch etwas Zeit geben. Irgendwann muss David ja auftauchen. Vielleicht erfahre ich dann etwas, was Licht in diese Sache bringt«, meinte Karen nachdenklich.

»Hoffentlich.«

»Auf jeden Fall, George, pass gut auf unsere Küken auf. Vielleicht gibt es Stunk.«

George grunzte grimmig. »Du kannst dich auf mich verlassen. An die Küken kommt keiner ran. Die sind gut untergebracht. Ich kümmere mich gleich darum.«

»Gut. Wenn ich etwas in Erfahrung gebracht habe, rufe ich dich wieder an«, schloss sie das Gespräch mit ihrem Partner.

Sie legten auf.

*

Grimsby legte das Geldstück auf die Schale. »TIMES«, verlangte er.

Der rotwangige Mann im Zeitungskiosk reichte ihm die gewünschte Zeitung heraus und ließ das Geldstück in eine Blechdose fallen.

Grimsby lehnte sich nun an die Rückwand des kleinen Standes auf der Pall Mall und ließ das Geschäft auf der gegenüberliegenden Straßenseite nicht aus den Augen, obgleich es so aussah, als würde er äußerst interessiert in der TIMES lesen.

Manchmal warf er einen Blick auf die Uhr. Wenn Garden nicht gelogen hatte, war die Eigentümerin von diesem gegenüberliegenden Geschäft auch gleichzeitig Chefin des Callgirl-Rings. ›KARENS COSMETICS‹ stand in goldenen Lettern über dem Geschäftseingang.

Grimsby grinste verhalten. Wenn alles nach Plan verlief, dann musste Karen Delton eigentlich jeden Augenblick ihr Geschäft verlassen. Vorausgesetzt, dass David Garden seinen Part auch richtig gespielt hatte. Eigentlich zweifelte er nicht daran. Lord Morton würde ihm kaum eine Wahl gelassen haben.

Einen Moment später erblickte er Karen Delton. Sie war elegant gekleidet und wirkte erheblich jünger, als sie es in Wirklichkeit mit ihren vierzig Jahren war. Gardens Beschreibung traf sie jedoch ziemlich gut.

Grimsby wusste, dass Karen Delton jetzt auf dem Weg zu David Gardens Wohnung war, denn Garden hatte sie angerufen und dringend zu sich gebeten, weil er etwas Wichtiges mit ihr zu besprechen hatte. Leider konnte er nicht selbst kommen – dabei hatte er sehr geheimnisvoll getan.

So jedenfalls lauteten Text und Regieanweisung, die Grimsby mit Lord Morton ausgearbeitet hatte.

Karen Delton glaubte es. Woher hätte sie auch wissen sollen, dass Garden sich in Brighton bei Lord Morton befand und nur das gesagt hatte, was man ihm vorher eingetrichtert hatte.

Da Gardens Wohnung in der unmittelbaren Nähe ihres Geschäftes war, und zwar genau am St. James Park, ging sie diese Strecke zu Fuß.

Grimsby passte nun auf, ob Karen sich in Begleitung eines Leibwächters befand. Das war jedoch nicht der Fall. Sie hatte es nicht für nötig erachtet. Weshalb sollte sie David Garden auch misstrauen? Wo er doch ein guter Kunde und fast ein Freund war, wenn man davon absah, dass sie so einiges über ihn wusste, was besser nicht in die Öffentlichkeit gelangte. Die Papiere hatte George unter Verschluss, deshalb brauchte sie um ihre Person keine Angst zu haben.

Grimsby heftete sich an ihre Fersen und zog im Gehen ein kleines Sprechfunkgerät heraus. Es war nicht größer als eine Zigarettenschachtel. Nachdem er einen kleinen Metallstab, der als Antenne diente, herausgezogen hatte, konnte er mit Sir Henry Verbindung aufnehmen.

»Henry, bitte melden!«

»Hier Henry.«

»Fünf Minuten. Allein. Alles nach Plan«, informierte Grimsby ihn knapp.

»Verstanden. Ende.«

Grimsby war zufrieden. Sie hatten ihre Unterhaltung deshalb so stark eingeschränkt, damit ein zufälliger Mithörer nichts verstehen und ein Peilgerät sie nicht orten konnte.

Jetzt verkleinerte Grimsby den Abstand, weil Karen nur noch gute fünfzig Yards vom Haus entfernt war. Karen klingelte bei Garden und stieß einen Augenblick später die Tür auf. Grimsby brauchte die Klingel nicht zu betätigen – er hatte einen Hausschlüssel.

Lautlos hastete er die Treppe hoch und blickte nach oben. Karen Delton befand sich vor der betreffenden Wohnungstür. Erst jetzt bemerkte sie den Mann, der hinter ihr die Treppe hochkam.

Sie wurde misstrauisch, als er direkt auf sie zusteuerte.

»Was wollen Sie?«, rief sie und griff in ihre Handtasche, wo sie stets eine kleine Pistole mit sich führte.

In dem Augenblick wurde die Wohnungstür aufgerissen. Bevor Karen Delton auch nur die Pistole berühren konnte, hatte Grimsby ihr die Tasche aus der Hand geschlagen und ihr mit der anderen Hand ein Tuch vor das Gesicht gedrückt. Er umklammerte nun ihr Handgelenk und stieß sie in die Wohnung. Sir Henry hatte sich sofort nach der Handtasche mit der Pistole gebückt und schloss die Tür hinter ihnen.

»Das klappt ja wie im Kino«, meinte Sir Henry zufrieden.

Grimsby zerrte sie ins Wohnzimmer und warnte sie. »Wenn Sie schreien, bringe ich Sie um.« Dann nahm er das schwere Tuch von ihrem Gesicht.

Karen Delton sah erschrocken von einem zum anderen. Sie brauchte nicht lange zu fragen, um zu wissen, dass dies alles im Zusammenhang mit Julian Torster stand.

»Was haben Sie mit Julian gemacht und wo ist Garden?«, fragte sie und glaubte, es mit der Konkurrenz zu tun zu haben.

Grimsby schlug ihr mit der flachen Hand ins Gesicht. Er wollte gleich zu Anfang klarstellen, dass sie nichts zu fragen hatte. Außerdem hatten sie nicht viel Zeit. Jede Minute war kostbar.

Karen Delton taumelte von diesem gewaltigen Schlag zurück und Angst glimmte in ihren Augen auf. »Was soll das?«

Blitzschnell zog Grimsby das Messer. »Die Fragen stelle ich, damit das klar ist. Glauben Sie nicht, uns mit faulen Tricks hereinlegen zu können. Ich schneide Sie auf wie eine frische Forelle!«

Karen zitterte, als sie in seine eiskalten Augen blickte. Sie hatte keinen Zweifel, dass er die Drohung wahr machen würde.

»Der Schönheitssalon ist nur ein Tarngeschäft?«, begann Grimsby das Verhör.

Karen nickte. »Ja, das wissen Sie doch schon ...«

»Sie leiten den Ring. Welche Mädchen haben sie und wie alt sind sie im Durchschnitt?«, kam die nächste Frage.

Karen zögerte. »Verschieden.« Doch dann sah sie das Messer auf sich zukommen. »Meist sind es Minderjährige. Zwischen dreizehn und sechzehn.«

Sie spürte einen dicken Kloß im Hals. »N...nein ...«

»Kidnapping?«

Sie nickte stumm.

Grimsby sah zufrieden zu Sir Henry hinüber. »Das Kind ist ja willig.« Und zu Karen: »Wo machen Sie aus den Mädchen willenlose Nutten?«

Diese Frage war hart für sie. Einige Faustschläge brachten sie jedoch zu der Überzeugung, dass es besser war, sie redete.

»An der Kanalküste ...«

»Wo da?«

»Bei New Romney«, flüsterte sie.

»Welches Haus! Eine genaue Beschreibung, aber ein bisschen dalli!«

Karen zitterte vor Angst. »Es ... ist ein ... alter verlassener Gutshof nahe den Klippen. Wenn man auf der Küstenstraße von New Romney nach Winchelsea fährt, führt etwa eine ... Meile nach ... New Romney eine ... Stichstraße zum Gutshof ab ...«

»Wird der Gutshof besonders bewacht?«

»Dre... Männer. Was werden Sie tun? Vielleicht können wir uns einigen, Mister. In dem Geschäft ist doch Platz für uns alle.« Mit erwartungsvollen Augen blickte sie ihn an.

Doch Grimsby verzog keinen Muskel im Gesicht. »In dem Geschäft, in dem wir tätig sind, gibt es nur Platz für einen, nicht wahr, Henry?«

Sir Henry schluckte und nickte dann, denn er wusste, was Grimsby jetzt tun musste. Die Notwendigkeit dieser Handlung sah er ein, aber dennoch ...

»Was machen Sie da?«, stieß Karen hervor, als Grimsby eine kleine, runde Dose aus der Tasche holte.

»Halten Sie sie fest!«

Karen Delton sträubte sich zuerst, doch Sir Henry hatte von Grimsby gelernt, wie man jemanden im Griff behielt. Er wandte das Gesicht ab, wie Grimsby es ihm eingeschärft hatte, und wartete auf das Zeichen.

»Jetzt, Henry«, sagte Grimsby, öffnete die Dose und hielt sie Karen direkt unter die Nase.

Karen Delton sah auf dem Grund der Dose eine Art Schimmelpilz. Der Anblick ekelte sie an. Was hatte das zu bedeuten?

Das war auch schon ihr letzter Gedanke in ihrem Leben. Sie verspürte einen plötzlichen, stechenden Schmerz in der Herzgegend, dann war sie tot. Grimsby verschloss die Dose schnell wieder und steckte sie weg.

»Vorbei«, sagte er ruhig.

Sir Henry begann wieder zu atmen. Dass sie tot war, hatte er schon an dem Gewicht in seinen Armen gespürt.

Grimsby war mit der Arbeit zufrieden. Man würde zweifelsohne Herzschlag als Todesursache feststellen.

»Eine fantastische Sache. Lautlos und absolut zuverlässig. Innerhalb von drei Sekunden tödlich«, schwärmte Grimsby.

Sir Henry versuchte nur ein Lächeln.

»Inszenieren wir ein kleines Theaterstück für die Polizei in freier Form, nach dem Titel ›Herzschlag im Bett‹, Henry«, grinste Grimsby gut gelaunt und machte sich an die Arbeit.

*

»Es ist alles für die Operation vorbereitet, Sir«, meldete Reginald Dee mit seiner hölzernen Stimme.

Lord Morton wusch sich gerade die Hände. »Gut. Fangen wir an.«

»Soll ich Ann Sun holen, Sir?«, erkundigte sich Grimsby, der inzwischen mit Sir Henry wieder in Brighton war.

»Tun Sie das, William.« Lord Morton wandte sich Sir Henry zu. »Bevor wir uns um den Rest des Callgirl-Ringes kümmern, möchte ich noch gerne diesen Versuch hinter mich bringen.«

»Wieder eine Transplantation, Glenn?«

»Genau. Nur wird dieses Experiment mehr eine Vorbereitung sein für größere Operationen. Vor allem interessiert mich, wie das Zellgewebe von Spender und Empfänger reagiert.«

Sir Henry hatte verstanden. »Sozusagen also eine Generalprobe?«

»Man kann es so nennen.«

»Das heißt aber auch, dass Ann Sun keine große Chance hat«, stellte der Earl of Saffron fest und wunderte sich, dass er das so ohne Weiteres herausbekam. In der Gegenwart seines genialen Freundes kam ihm alles völlig anders vor. Diese Versuche zeigten sich in einem weniger grausamen Licht. Er sah auch die Notwendigkeit dieser Operationen ein. Was hatte Cynthia Barrington einmal gesagt? Er verändere die Welt mit seinen Versuchen? Nun, damit hatte sie recht.

Lord Morton hob die Schultern. »Hier unten hat keiner der Patienten eine große Chance, wenn Sie es so sehen wollen«, sagte Lord Morton kühl. »Aber einmal davon abgesehen kann ich keine Prognose stellen. Es wird am besten sein, wir lassen uns überraschen. Ich nehme eher an, dass der seelische Schaden größer sein wird als der körperliche.«

»Natürlich, Glenn«, stimmte Sir Henry ihm zu.

»Auf jeden Fall wird es interessant werden. Ich freue mich regelrecht darauf.«

»Und der Spender?«, setzte Sir Henry an.

»Den hat Grimsby ausgesucht. Ein kräftiger Kerl. Eigentlich Gardens Statur.«

»Werden sich da nicht Komplikationen ergeben?«

»Ann Sun ist zum Glück nicht gerade schmächtig«, antwortete er. »Natürlich wird Garden die besseren Chancen haben.«

Die Tür zum Operationsraum ging auf und Grimsby kam mit Ann Sun herein. Sie trug nur den Bademantel und aus ihren Augen blickte die Angst.

Inzwischen hatte sie erfahren, wo sie sich befand. Lord Morton hatte ihr keine Illusionen gelassen. Über seine wahre Person wusste sie nun Bescheid. Als sie aber nun den modernen Operationsraum sah, zuckte sie zurück und wollte hinaus.

Aber Grimsby versperrte ihr den Weg und stieß sie vorwärts. »Ein moderner Mensch geht doch nicht zurück«, meinte er spöttisch und zwinkerte Sir Henry zu.

Ann Sun blickte sich ängstlich um. Sie sah die vielen Geräte, deren Zweck sie nicht einmal erraten konnte, und das flößte ihr eine bodenlose Furcht ein. Glastische, metallene Apparaturen, große Leuchten funkelten kalt und gefährlich im hellen Licht.

Sie erinnerte sich an das, was sie alles gehört hatte. Von den schrecklichen Versuchen, die Lord Morton schon vorgenommen hatte. Diese Gehirnoperationen und Kopftransplantationen. Ihr wurde regelrecht schlecht. Dann blieben ihre Blicke am Operationstisch haften.

»Was … haben … Sie mit … mir vor?«, fragte sie mit fast lautloser Stimme.

Lord Morton lächelte sie freundlich an. »Nichts Außergewöhnliches, Ann. Sie werden keine Schmerzen verspüren, das verspreche ich Ihnen.«

Ann Sun blickte ihn erstaunt an und konnte einfach nicht begreifen, wie Lord Morton so selbstverständlich darüber reden konnte. Es stand doch ihr Leben zur Debatte. Er hatte doch nicht das Recht dazu! Niemand!

»Ich will nicht!«, murmelte sie. »Ich will nicht operiert werden.«

»Was Sie wollen, interessiert hier keinen«, erinnerte Grimsbys sie kalt daran, dass sie sich nicht in einem x-beliebigen Operationssaal befand. Er dachte schon an den Einsatz, der nach der Operation beginnen sollte. Es war jetzt schon nach 14 Uhr. In einigen Stunden hoffte er mit Sir Henry unterwegs zu sein. Je eher sie also mit der Operation fertig wurden, desto mehr Zeit hatten sie gewonnen. Obwohl sie nicht gerade unter Zeitdruck standen.

»Es wird sehr schnell gehen«, sagte Lord Morton und griff nach dem sterilen Kittel, den Reginald Dee ihm reichte.

»Warum … warum?«, fragte sie verzweifelt. »Sie haben kein Recht …«

»Es ist besser, Sie stellen jetzt keine Fragen mehr.« Seine Liebenswürdigkeit war jetzt um eine Nuance kühler.

»Das … das … ist … Verbrechen!«, stammelte sie zitternd.

Lord Morton musterte sie nun kalt. »Es kommt immer darauf an, aus welchem Blickwinkel man es betrachtet, Ann. Doch ich glaube nicht, dass es überhaupt für Sie einen Sinn hat, sich darüber den Kopf zu zerbrechen.«

»Das dürfen Sie nicht tun!«, schrie sie nun schrill und schlug um sich. Sie rannte auf Reginald Dee los. In ihrem Gehirn setzte sich der Gedanke fest, dass man sie nicht operieren würde, wenn es ihr nur gelang, diese seltsamen Geräte zu zerstören. Dass dies ein Ding der Unmöglichkeit war, wollte sie nicht wahrhaben.

Grimsby hatte auf eine derartige Reaktion schon gewartet. Bevor Ann Sun auch nur in Reichweite einer der wichtigen Geräte kam, hatte er sie hart gepackt.

»Nein ... nein ... nein ... Verbrecher ... Hilfe!«, gellte sie schrill.

Lord Morton zog indessen eine Beruhigungsspritze auf und überhastete nichts.

»Es hat keinen Zweck, Schöne«, sagte Grimsby zu Ann und riss ihr den Bademantel vom Körper. Sie war nun vollkommen nackt. Sir Henry bekam große Augen und musste schlucken, als er diesen herrlichen Frauenkörper sah.

Einen Moment bedauerte er, dass dieser Körper bald nicht mehr so schön sein würde – bestimmt nicht. Die Operation würde die makellose Schönheit zerstören und ein hässliches, abstoßendes Gebilde aus ihr machen. Aber es war notwendig, das sah er ein.

»Damit Sie ruhiger werden.« Lord Morton sagte es fast sanft und stach mit der Spritze zu.

Ann Sun versuchte vergeblich, sich aus Grimsbys Griff zu befreien, doch ihre Kraft erlahmte schnell.

Grimsby hielt sie wie ein Schraubstock umfasst und er spürte ihren warmen Körner mit ungeheurer Deutlichkeit. Ein gewisses Verlangen stieg in ihm hoch, doch er bekämpfte es erfolgreich. Jetzt war keine Zeit für private Gelüste.

»Schnallen Sie sie fest.«

Grimsby zerrte Ann Sun zum Operationstisch. Allmählich begann das Beruhigungsmittel zu wirken. Ann Sun leistete nun keinen Widerstand mehr. Die Angst war tief in ihrem Bewusstsein noch da, doch sie schwelte dort und kam nicht zum Durchbruch. Willig legte sie sich auf den mit einem sterilen Laken bedeckten Tisch. Die Gurte wurden festgezogen.

Reginald Dee blickte zu Lord Morton hinüber. »Das Nervenserum?« Lord Morton hatte ein besonderes Narkosemittel erfunden, das es ihm ermöglichte, bei vollem Bewusstsein des Patienten auch die größten Operationen durchzuführen. Er bevorzugte diese Methode in den meisten Fällen, denn so schaltete er nicht nur das Risiko einer zu starken Kreislaufbelastung und das Nichterwachen aus der Bewusstlosigkeit aus, sondern konnte gleichzeitig auch seelische Erkenntnisse gewinnen.

»Machen Sie das, Reginald«, nickte Lord Morton. Reginald Dee hantierte mit der Spritze und injizierte das Nervenserum intravenös.

»Messsonden für die Körperfunktionen ansetzen«, wies Lord Morton Reginald Dee einen Augenblick später an. »Wir beginnen sofort.«

Und während der Neurochirurg Dee die Messsonden über den Körper verteilte, besprach sich Lord Morton noch kurz mit Grimsby, der sich nun auch einen sterilen Kittel überzog. Sir Henry folgte seinem Beispiel. Er wollte bei dieser Operation zugegen sein.

»Auf in den Kampf«, murmelte Grimsby dann leise.

Sir Henry hielt sich etwas abseits vom Geschehen, um Glenn und seinen beiden Helfern nicht im Weg zu stehen.

Er dachte daran zurück, als er Lord Morton das erste Mal zugesehen hatte. Es war ein Gehirneingriff gewesen. Hinterher hatte er sich übergeben müssen, so hatte ihn das mitgenommen. Dieses Stadium hatte er inzwischen überwunden, obwohl ihm derartige Operationen auch heute noch schwer an die Nerven gingen. Doch schlecht wurde ihm jetzt nicht mehr.

Lord Morton untersuchte die Schultergelenke von Ann Sun und entschied sich dann für das rechte Gelenk zuerst.

»Das hier«, sagte er.

Reginald Dee nickte mechanisch. Er reichte ihm den Farbstift und Lord Morton zeichnete in feinen Linien auf, wie er die Schnitte ansetzen wollte. Reginald Dee sah ihm dabei schweigend zu und auch Grimsby sagte kein Wort.

»Das Skalpell«, orderte Lord Morton schließlich und reichte den Stift zurück.

Lord Morton befand sich nun im Zustand höchster Konzentration, er überlegte routiniert. Seine Entscheidung war getroffen, er ergriff das Skalpell, das ihm Reginald Dee reichte.

Es schien mit seiner Hand und seiner ganzen Person zusammenzuschmelzen. Lord Morton setzte die rasiermesserscharfe Klinge an, dann drang das Skalpell oberhalb des Gelenkes in die Haut. Lord Morton vollführte einen ersten halbkreisförmigen Schnitt und die Haut klaffte weit auf. Der Schnitt war tief gewesen, aber Sehnen und Muskeln waren unverletzt, wie er es beabsichtigt hatte. Diese wollte er einzeln durchtrennen.

»Klammern!«, sagte Lord Morton ruhig, als das Blut aus der Wunde schoss und über seine Hand floss.

Reginald Dee assistierte geschickt und legte die Klammern so an, dass Lord Morton ungestört arbeiten konnte. Grimsby hatte Ann Sun indessen an die Blutkonserven angeschlossen und regulierte den Zustrom. Ann Sun würde bei der Operation eine Menge Blut verlieren. Es war seine Aufgabe, dafür zu sorgen, dass der Kreislauf nicht zusammenbrach und in das kritische Stadium kam.

Reginald Dee zog mit den Klammern die Hautlappen zurück, sodass Sehnen und Muskeln offen dalagen. »Was machen … Sie … mit mir?«, fragte Ann Sun mit fast gleichgültiger Stimme.

Morton beugte sich über sie. »Ich amputiere Ihnen den rechten Arm im Schultergelenk, Ann«, erklärte er.

»Und … dann?«, wollte sie wissen.

»Dann kommt der linke Arm an die Reihe.«

Ann Sun nickte. Die Information gelangte zwar bis in ihr Gehirn, wurde dort jedoch nicht verarbeitet. Es beunruhigte sie deshalb auch nicht. Wenn Lord Morton ihr beide Arme abnahm, dann würde das schon seinen Grund haben.

»Anschließend werde ich Ihnen zwei andere Arme transplantieren. Sie sollen der Wissenschaft helfen, weitere Erkenntnisse über das Verhalten verschiedenartiger Gewebe bei Transplantationen zu gewinnen«, fuhr Lord Morton in seiner Erklärung fort.

»Ja, transplantieren«, wiederholte Ann Sun teilnahmslos und stierte an ihm vorbei. Nur als sie Grimsbys Gesicht erblickte, das zu einem spöttischen Grinsen verzerrt war, regte sich etwas in ihr. Doch das Gefühl war nicht stark genug, um die Mauer der Gleichgültigkeit durchstoßen zu können.

Morton wandte sich nun wieder ihrem Arm zu und arbeitete voller Konzentration, dass ihm der Schweiß über Stirn und Rücken rann. Vorsichtig legte er die Sehnen und Muskel frei, befestigte Spezialklammern an den Strängen, bevor er sie mit dem Skalpell durchtrennte. Die Nervenstränge zogen sich etwas zurück.

»Körperfunktion?«, fragte Lord Morton automatisch immer wieder, während sich Reginald Dee darum kümmerte, dass das Blut die Wunde nicht zu sehr überschwemmte.

»Normal«, lautete Grimsbys Antwort. Unter normal verstand er wie Lord Morton: den Umständen entsprechend normal.

»Sind Sie bereit, Reginald?«, fragte Lord Morton einen Augenblick später. Seine Stimme war die ungeheure körperliche Belastung nicht anzumerken. Seine Konstitution war einfach bewundernswert.

Reginald Dee nickte wie ein Roboter. »Ich bin bereit, Sir.«

»Dann los.«

Lord Morton führte das Skalpell rund um das Gelenk und durchtrennte die letzten Fleischfetzen, dann lag der Arm locker im Gelenk.

Sir Henry hielt den Atem an.

»Jetzt!«, kommandierte Lord Morton.

Reginald Dee packte die leblose Hand von Ann Sun. Lord Morton griff am Oberarm zu. Er nickte leicht. Es gab einen trocknen Knacks, als sie zusammen den Arm aus dem Schultergelenk drehten.

Sir Henry schaute hastig woanders hin. Ihm wurde nun doch etwas flau im Magen, aber er blieb dennoch im Operationssaal. Es wurde Zeit, dass er solchen Dingen gegenüber etwas emotionsloser wurde. Deshalb zwang er sich nun hinzusehen.

Ann Sun blickte teilnahmslos auf ihren rechten Arm, den Reginald Dee nun in der Hand hielt. Der Stumpf am Oberarm blutete stark und auf dem gefliesten Boden bildete sich eine kleine Blutlache.

Ann Sun sah ihre Fingernägel, die sie stets mit größter Sorgfalt gepflegt hatte. Ein seltsames Gefühl wurde in ihr wach, etwas wie Unruhe regte sich. Und ihr Puls ging etwas schneller.

»Das ... ist ... mein ... Arm?«, fragte sie leise.

Grimsby lachte. »Sie können sich ja mal die Hand schütteln.«

Ann Sun zitterte plötzlich. Für einen kurzen Augenblick verstand sie, was um sie herum vorging. Sie erfasste die volle Tragweite dieser Operation und schrie laut auf. Die Angst schüttelte sie.

»Nein ... nein ... lassen ... Sie ... mir meinen ... anderen Arm ... bitte ... bitte!«, wimmerte sie.

Lord Morton lächelte unverbindlich. »Das wird nicht möglich sein, Ann. Aber beruhigen Sie sich. Sie werden zwei neue Arme bekommen – und hoffentlich auch behalten.«

»Wer hat schon das Glück, seine Arme wechseln zu können«, murmelte Grimsby.

Sir Henry fühlte, wie das beklemmende Gefühl in ihm stärker wurde, als er den leblosen Arm betrachtete, der diesen künstlichen Gliedern aus dem Wachsfigurenkabinett glich, wenn nicht das Blut am Stumpf gewesen wäre ...

»Mein Gott ... nein«, keuchte Ann Sun.

»Geben Sie ihr noch eine Spritze«, befahl Lord Morton seinem Neurochirurgen.

Einen Augenblick später hatte sich Ann Sun wieder beruhigt und blickte mit glasigen Augen zur Decke hoch.

Lord Morton nahm sich nun den anderen Arm vor. Schweigend durchtrennte er Sehnen und Muskeln und drehte den Arm mit Reginalds Hilfe aus dem Gelenk. Die beiden Arme lagen jetzt auf einem kleinen gläsernen Tisch in tiefgekühlten Schalen. Blut floss aus den Stümpfen. Grimsby ließ sie dort jedoch nicht lange liegen, sondern schob die Schalen in die vorbereiteten Kühlfächer. Die Arme wurden vielleicht noch gebraucht.

»Sie können jetzt den Spender holen, Grimsby«, ordnete Lord Morton an.

Grimsby nickte und begab sich in den Nebenraum. Auf einem fahrbaren Operationstisch rollte er den Spender in den OP.

Sir Henry war mehr als nur überrascht, als er die Arme sah, die Lord Morton in Ann Suns Gelenke transplantieren wollte. Es war eine Ungeheuerlichkeit.

Dr. Morton sah Sir Henrys erstaunten Blick und lächelte verständnisvoll.

»Es ist wirklich keine ganz alltägliche Operation, Henry. Ich erwarte von diesen Operationen wichtige Ergebnisse. Wir müssen als Ärzte in der Praxis davon ausgehen, dass nicht immer ein Spender vorhanden ist, der ein anatomisches Abbild des Patienten ist. Es kommt also darauf an, die verschiedenen Körpergegebenheiten aneinander anzupassen. Das versuche ich hier.«

Sir Henry nickte. »Das ist wirklich nicht alltäglich, Glenn. Sie setzen mich immer wieder in Erstaunen.«

»Wenn das ein Kompliment sein soll, nehme ich es gern an«, entgegnete Lord Morton.

»Alles bereit, Sir«, meldete Grimsby, der sich inzwischen um den Spender gekümmert hatte. Die Zufuhr mit Ersatzblut war gewährleistet, sowie einige andere Sicherheitsmaßnahmen, die bei diesem Spender unumgänglich gewesen waren.

»Dann wollen wir uns den Kerl mal vornehmen«, rief Lord Morton und griff zum Skalpell.

*

Nach der Transplantation fuhr Lord Morton mit Sir Henry und Grimsby nach Lannix Manor. Der Sitz lag etwas außerhalb von Brighton in einer landschaftlich zauberhaften Gegend.

Obgleich auch der Earl of Saffron über einen kaum überschaubaren Landsitz verfügte, beneidete er seinen Freund immer wieder um dieses Fleckchen Erde.

Der Butler Samson begrüßte sie. Die Auswahl der Dienerschaft hatte Grimsby vorgenommen. Damals hatte er einen strengen Maßstab angelegt, und so war es auch noch, denn unter Lannix Manor befand sich eine zweite unterirdische Versuchsanlage.

Sie gingen in die Bibliothek. Es war schon zu einer Gewohnheit geworden, dort alle Probleme durchzusprechen. Meist bei einem Glas Sherry.

Lord Morton ging jetzt auch sofort zur Bar und kam mit Gläsern und dem Sherry zurück.

Sir Henry lachte. »Man braucht schon gar nichts mehr zu sagen.«

»Inzwischen weiß ich, was Ihnen besonders schmeckt, Henry.« Lord Morton war selbst ein großer Liebhaber dieser Sherrymarke.

»Auch ein Glas, William?«

»Schaden wird es ja nicht.«

»Kaum.«

Lord Morton füllte die Gläser, und nachdem sie angestoßen und den ersten Schluck genossen hatten, schnitt er das Thema an.

»Wenn wir den Ring sprengen wollen, müssen wir diesen Gutshof in unsere Gewalt bringen«, begann er. Sir Henry versuchte seine Aufregung zu unterdrücken. Die Aussicht, bald wieder etwas äußerst Spannendes zu erleben, erregte ihn. Doch er wusste gleichwohl, dass Lord Morton und Grimsby diese Einsätze unter einem völlig anderen, nüchternen Gesichtspunkt sahen. Sie lockte nicht das Abenteuer. Deshalb versucht der Earl of Saffron seinem Gesicht einen unbewegten Ausdruck zu geben. »Bei einem Besuch wird es wohl kaum bleiben, nicht wahr?«

Grimsby verzog das Gesicht zu einem kühlen Lächeln.

»Ein Besuch mit dem Messer genügt, Henry.«

Lord Morton warf ihm einen kurzen, etwas mahnenden Blick zu, denn er hielt es für klüger, seinen Freund nicht noch mehr in seinem Abenteurergefühl zu bestärken. Dass Sir Henry diese kleine Schwäche hatte, wussten sie ja alle.

»Wenn Karen Delton nicht gelogen hat, haben wir es nur mit drei Wachen zu tun.«

»Sie hat bestimmt nicht gelogen«, versicherte Grimsby.

»Umso besser.«

»Ich schlage vor, dass ich mir das Landgut erst mal ansehe«, schlug Grimsby vor.

Lord Morton überlegte. »Viel Zeit haben wir nicht mehr. Die Zeitungen werden den Tod von Karen Delton vielleicht schon Morgen bringen. Ihre Komplizen können die Gefahr wittern.«

»Sie dürfen gar nicht erst davon erfahren. Diese Nacht müssen wir zuschlagen. Vielleicht sollten wir Maurice hinzuziehen.«

Maurice Vaultier, der in damals in Frankreich zum Tode verurteilt und nur durch Lord Mortons Befreiungsaktion vor der Hinrichtung bewahrt worden war, baute weiterhin in Norfolk den Herrensitz als geheimen Fluchtpunkt aus – natürlich mit aktuellen Verbesserungen in den unterirdischen Räumlichkeiten.

Lord Morton war mit dem Vorschlag einverstanden.

»Inzwischen könnte ich mir die Gegend dort einmal genauer ansehen. Es ist ja nicht weit von hier«, meinte Grimsby.

Lord Morton hatte nichts dagegen einzuwenden. »Ich werde Maurice über Funk benachrichtigen. Gegen Abend wird er dann spätestens hier sein.«

»Vielleicht ergibt sich eine Möglichkeit, vom Kanal aus an das Gut heranzukommen. Ich werde das mal prüfen.«

Lord Morton nickte. »Gut.«

Sir Henry sah seinen Freund bittend an. »Wenn Sie noch einen Helfer benötigen?« Er versuchte ein gelöstes Gesicht zu machen.

Lord Morton wusste, dass Grimsby lieber allein fuhr.

Aber da es sich diesmal nur um eine Erkundungsfahrt handelte, konnte er ihm die Bitte schlecht abschlagen.

»Was meinen Sie, William?«

Grimsby wusste, was sein Chef dachte. »Wenn Sie sich langweilen wollen, kommen Sie mit.«

Sir Henry strahlte. »Langweilen? Das soll wohl ein Scherz sein. Ich komme gerne mit.«

»Maurice soll die Drago bereit machen«, sagte Grimsby noch. »Vielleicht werden wir die Yacht brauchen.«

»Maurice wird sich darum kümmern«, versprach Lord Morton.

*

»Eastbourne«, sagte Grimsby lakonisch, als das Ortsschild in Sicht kam. Sofort nahm er den Fuß vom Gaspedal und schaltete in den dritten Gang zurück. Der frisierte Austin 60 röhrte auf, dann pendelte sich die Tachonadel bei vierzig Meilen ein. Grimsby hatte nicht die Absicht, die Polizei auf sich aufmerksam zu machen.

»Die Bullen sind hier besonders scharf«, ließ Grimsby verlauten.

»Schon Erfahrungen mit ihnen gemacht? Ich meine hier?«, fragte Sir Henry vergnügt.

Grimsby grinste. »Das auch. War aber nicht gerade gesund für den Burschen. Liegt schon einige Zeit zurück.«

Sir Henry forschte in Grimsbys Gesicht. Wenn er ihn richtig verstand, war hier ein Polizist seiner tödlichen Präzision zum Opfer gefallen. Sir Henry tippte auf einen schnellen Messerstich.

Die Neugier trieb ihn dazu, direkt danach zu fragen. Obwohl es sonst nicht seine Art war. Doch diese faszinierende Persönlichkeit Grimsby brachte ihn manchmal dazu, dass er seine vornehm-adlige Erziehung vergaß.

»Ein Messerstich?«

»Interessiert es Sie, Henry?«

»Ich müsste lügen, sollte ich das abstreiten.«

»Hatte mal in der Gegend zu tun«, berichtete Grimsby knapp. »Ein Geschäftsmann, der sich eine Freundin hielt. Hatte ihn gerade in der Wohnung dieses Mädchens gestellt, als der gehörnte Ehemann mit Polizeibegleitschutz auftauchte.«

»Und Sie haben alle vier …«

»Nur den Ehemann und den Polizisten. Für die beiden anderen hatte Dr. Morton gute Verwendung.« Er lächelte still in sich hinein.

Sir Henry sah ihn bewundernd an.

Grimsby lenkte den Wagen schweigend durch den bekannten Badeort. Schließlich hatten sie das Städtchen hinter sich gelassen und die kurvenreiche Küstenstraße führte nach Bexhill und weiter über Hastings nach Winchelsea.

Trotz der herrlichen Landschaft konnte sich Sir Henry nicht auf die Natur konzentrieren. Immer wieder dachte er an Grimsby und dessen an Wunder grenzende Fähigkeit, mit dem Messer umzugehen.

»Es ist eine Sache der Übung«, brach Grimsby das Schweigen.

»Was?«

»Das Messerwerfen.«

»Sie haben meine Gedanken erraten?«

»So schwer war das nicht.«

»Ich glaube nicht, dass man das erlernen kann.«

»Mag sein, dass etwas Talent dazugehört, aber achtzig Prozent ist intensives Training. Noch heute übe ich täglich. Manchmal Stunden, wenn ich die Zeit dazu finde. Mit dem Training fing ich schon in meiner Ausbildung als Soldat an. Hat mir einige Male das Leben gerettet, als die Knarre Ladehemmung hatte.« Er grinste amüsiert.

Sir Henry schauderte. »Im Schützengraben?«

»Das Magazin hatte sich verklemmt. In dem Augenblick machten die anderen Sturmangriff. Als einer nahe genug heran war, habe ich geworfen und mir dann sein Gewehr geschnappt.«

Sir Henry hätte gern noch mehr von ihm erfahren, doch Grimsby war plötzlich wieder stumm wie ein Fisch. Bald hatten sie Winchelsea passiert.

»Passen Sie auf, Henry«, wies Grimsby ihn nun an. »Hier muss irgendwo die Stichstraße abzweigen.« Der siebente Earl of Saffron nickte und suchte aufmerksam nach der Abfahrt.

»Dort!« Grimsby lenkte den Wagen an den Straßenrand. Sie stiegen aus und gingen zur Abbiegung zurück. Ein Schild war nicht vorhanden.

»Dies muss die Straße sein«, murmelte er. »Wir müssen den Wagen vor neugierigen Blicken schützen. Kommen Sie.«

Wenige Minuten später hatten sie ein passendes Versteck für den Austin gefunden. »Jetzt wollen wir uns den Gutshof ansehen.«

Sie gingen die Wegstrecke zur Abzweigung zurück und bewegten sich dann durch das Unterholz parallel zu dem ausgefahrenen Sandweg, der zum Gutshof führen musste.

Doch schon nach dreihundert Yards wurde die Bewaldung lichter.

»Jetzt heißt es aufpassen«, murmelte Grimsby und ging voran. Sir Henry folgte ihm. Er spürte die Spannung, die ihn erfasste. Die Bäume wichen nun immer mehr den Büschen und Sträuchern, sodass sie sich in gebückter Haltung weiterbewegen mussten. Grimsby nutzte jede natürliche Deckungsmöglichkeit.

»Still!«, raunte Grimsby und blieb stehen. »Es kann nicht mehr weit sein. Man kann schon die Brandung hören. Halten Sie die Augen offen.« Er grinste und schlich weiter.

Die Straße machte nun einen großen Bogen und führte an verwilderten Feldern und Hecken vorbei. Schließlich erblickten sie den Gutshof.

»Na also.« Grimsby beobachtete die Umgebung. Der Gutshof lag noch gute zweihundert Yards von ihnen entfernt. Die Stichstraße führt direkt zu den Gebäuden, die von einer niedrigen Steinmauer umgeben waren. Soweit Grimsby aus der Entfernung Einzelheiten erkennen konnte, hatte der Gutshof die Form eines Hufeisens. Die Dächer waren teilweise mit Ried gedeckt und machten einen zerfallenen Eindruck.

»Und was jetzt?«, wollte Sir Henry wissen.

»Das war schon alles. Enttäuscht?« Grimsby sah ihn spöttisch an.

»Na ja.« Sir Henry hob die Schultern verlegen. Grimsby lachte leise. »Am liebsten würden Sie jetzt zum Sturmangriff blasen, nicht wahr? Aber es ist klüger, wenn wir von der Küste kommen«, erklärte er und musterte die Umgebung. Viele Deckungsmöglichkeiten gab es von hier ans nicht.

»Sie haben recht«, meinte Sir Henry kleinlaut.

»Ich werde mich drüben bei den Klippen einmal umsehen. Sie warten hier auf mich, Henry. In spätestens einer Stunde bin ich wieder zurück. Machen Sie keine Dummheiten«, grinste er.

Sir Henry erwiderte das Grinsen. »Eine Stunde, gut!«

»Genießen Sie die Natur!« Grimsby huschte in gebückter Haltung davon. Sir Henry folgte ihm einige Augenblicke mit den Augen, doch dann war Grimsby wie vom Erdboden verschluckt.

Sir Henry machte es sich im Gebüsch so gemütlich wie möglich und blickte auf die Uhr. Es war kurz vor siebzehn Uhr.

Die Zeit verstrich. Der Minutenzeiger kroch unaufhörlich über das Ziffernblatt. Allmählich wurde Sir Henry unruhig. Bald war die Stunde verstrichen.

»Wo bleibt er nur?«

Er reckte sich etwas, um die Umgebung besser überblicken zu können. Doch die etwas wellige Landschaft lag ausgestorben vor ihm. Nur das gedämpfte Tosen der Brandung drang an sein Ohr.

Schließlich war die Stunde abgelaufen und von Grimsby war noch immer nichts zu sehen. Sir Henry wurde immer unruhiger. Es war nicht Grimsbys Art, sich zu verspäten. Vermutungen jagten sich in seinem Gehirn. Dann war die Stunde um zehn Minuten überschritten. Er hielt es nicht mehr länger aus.

»Ich muss etwas unternehmen!«, murmelte er und verließ sein Versteck. Grimsby war in Richtung Küste verschwunden. Also musste er dort nach ihm suchen. Sir Henry bereute, keine Waffe mit sich genommen zu haben. Vorsichtig bewegte er sich vorwärts und nahm wie Grimsby jede natürliche Deckung wahr. Er musste zur Küste.

Doch plötzlich hörte er ein Geräusch hinter sich. Erleichtert drehte er sich um und wollte schon »Grimsby« sagen, als er in den Lauf eines Revolvers blickte.

Erschrocken taumelte Sir Henry zurück und blickte in das Gesicht eines Fremden.

»Wen haben wir denn da? Spaziergang gemacht, Freundchen?«

Sir Henry versuchte seine Furcht zu überspielen und schalt sich einen Narren, dass er sein Versteck verlassen hatte. Es hatte sich mal wieder gezeigt, dass er eben kein Grimsby war. Jetzt saß er in der Tinte. Dass dieser Kerl zu den Gangstern vom Gutshof gehörte, war ihm sofort klar. Es galt nun zu retten, was noch zu retten war.

»Oh, ist es verboten, hier spazieren zu gehen, Sir?«, fragte Sir Henry höflich. »Ich wusste nicht, dass dies Privatgelände ist. Es ist kein Schild an der Straße. Ich wollte zur Küste ...«

Der Gangster verzog abfällig das Gesicht. »Privatgelände«, wiederholte er verächtlich, »red' doch keinen Mist. Mir kannst du nichts vormachen. Was hast du hier gesucht?«

Sir Henry tat erstaunt. »Ich ... ich wollte zu den Klippen.«

Der Gangster kniff ein Auge zusammen. »Wohl ein Naturfreund, was?«

»Ich verstehe Sie gar nicht ...«

»Du wirst schon noch früh genug verstehen«, antwortete der Gangster. »Schnüffeln wolltest du. Dein Pech, dass ich gerade hier entlanggekommen bin.«

»Ich weiß gar nicht, wovon Sie reden«, protestierte Sir Henry.

»Halt das Maul!«, fuhr er ihn an. »Geh voran. Zum Gutshof. Und nimm die Flossen hoch!« Der Revolverlauf war drohend auf seinen Bauch gerichtet.

Sir Henry zögerte nicht lange. Der Kerl sah nicht danach aus, als würde er mit dem Abdrücken lange zögern. Außerdem lag der Gutshof so abgeschieden, dass ein Schuss niemanden aufmerksam machen würde. Jetzt hatte er keine Chance.

»Schon gut. Wenn Sie unbedingt wollen«, gab sich Sir Henry in sein Schicksal und setzte sich in Bewegung. Er überlegte sich schon eine Geschichte, die er den Gangstern auftischen konnte. Sie musste vernünftig klingen, wenn er Grimsby und Dr. Morton nicht alles verderben wollte.

»Dort hinüber!«, dirigierte ihn der Gangster.

Hoffentlich merkt Grimsby, was mit mir passiert ist, fuhr es Sir Henry durch den Kopf, als eine Holztür aufgestoßen wurde und ihn zwei kräftige Hände hineinzerrten.

*

Grimsby merkte gar nicht, wie schnell die Zeit verging. Fast eine halbe Stunde benötigte er, um bis zur Steilküste zu gelangen. Er untersuchte das Gelände, bis er eine geeignete Stelle für das nächtliche Unternehmen gefunden hatte. Die Felswand fiel hier über vierzig Yards zur See hinunter, aber die Brandung war an dieser Stelle nicht so heftig wie anderswo. Mit der Drago würde man zwar nicht nahe genug herankommen wegen der Klippen, aber mit dem Beiboot musste es gelingen.

Als Grimsby dies ausgekundschaftet hatte, war die Stunde schon abgelaufen. Zufällig fiel sein Blick auf die Uhr und sofort machte er sich Sorgen. Er machte sich unverzüglich auf den Rückweg. Plötzlich sah er den Gangster mit dem Revolver. Sie waren nur noch fünfzig Yards vom Gutshof entfernt.

»Mist, verdammter«, zischte Grimsby und fühlte sich für den Zwischenfall verantwortlich. Er hätte den Gangster noch mit dem Messer ausschalten können, aber damit hätte er die anderen gewarnt. Nein, Sir Henry musste noch etwas warten. Hoffentlich gelang es ihm, die Gangster hinzuhalten.

Grimsby robbte weiter und war eine gute halbe Stunde später am Austin. Sofort stellte er eine Verbindung mit Lord Morton her und gab einen kurzen Bericht durch.

»Maurice befindet sich schon auf der Yacht«, sagte Lord Morton vollkommen ruhig. »Es kann also jeden Moment losgehen.«

»Wir müssen bis zum Einbruch der Dunkelheit warten.«

»Welchen Punkt muss die Drago ansteuern?«, wollte Lord Morton wissen.

»Hinter Winchelsea soll Maurice die Yacht nahe an die Küste steuern«, erklärte Grimsby. »Ich werde am geeigneten Punkt stehen und Lichtsignale geben wie vereinbart. Wir werden das Beiboot brauchen.«

»Sonst noch etwas?«

»Ein Dutzend Brandfackeln.«

»Gut.«

Sie legten auf und Grimsby holte aus dem Kofferraum einen kleinen, aber ungemein stabilen Flaschenzug und ein langes Seil. Dazu noch einige andere Kleinigkeiten. Damit machte er sich auf den Weg zurück zur Steilküste und bereitete alles für den nächtlichen Einsatz vor. Gegen kurz nach 19 Uhr war er mit den Vorbereitungen fertig. Neben ihm lag die starke Stabtaschenlampe. Die Brandung toste zu ihm herauf.

Grimsby blickte zum Gutshof. Jetzt hieß es warten. Wie es Sir Henry wohl erging?

*

Die Drago pflügte durch das Wasser und schnitt die Wellen mit dem scharfen Bug wie eine Rasierklinge in zwei Hälften.

Maurice Vaultier stand auf der Flybridge und spähte in die Nacht. Vor wenigen Augenblicken hatten sie Winchelsea passiert. Die kleine Küstenstadt hatte mit ihren Lichtern gefunkelt wie ein Siebenkaräter.

Bis Winchelsea hatte Maurice die Drago, die mit ihrem mattschwarzen Anstrich in der Dunkelheit völlig untertauchte, mit halber Kraft laufen gelassen. Da im Maschinenraum der pfeilschnellen Yacht zwei je 450 PS Benzinmotoren arbeiteten, waren das immerhin gute 30 Knoten gewesen. Doch nun nahm er das Gas zurück und der Bug der Drago tauchte wieder tiefer in die mit weißen Schaumkronen bedeckte See.

Lord Morton hörte, dass die Motoren ruhiger liefen, und stieg zu ihm auf die Flybridge. Sogar hier sah es mehr nach dem Cockpit eines Düsenjägers als nach dem Kommandostand einer Yacht aus. Und dabei befand sich der richtige Führerstand vorn im Kajütteil. Bei schlechtem Wetter konnte man sich auf der Flybridge nicht gut aufhalten.

»Bin auf 5 Knoten heruntergegangen«, sagte Maurice. Lord Morton nickte. »Hier muss es irgendwo sein.«

Er versuchte die Nacht mit den Augen zu durchdringen. »Soll ich näher an die Küste heran?«

»Es ist besser. Grimsby verfügt nur über eine Stabtaschenlampe. Wir dürfen seine Signale auf keinen Fall verpassen.«

Maurice änderte den Kurs. Einen Augenblick richtete sich der Bug der Yacht auf die Steilküste, dann drehte er wieder ab. Die Küste lag wieder an Backbord.

»Was sagt das Radar?«

Maurice blickte auf den grün schimmernden Schirm. Die Küste zeichnete sich als dunkle Linie ab.

»Weit und breit kein Schiff zu sehen«, gab er Auskunft. Er warf noch einen Blick auf Echolot und Sonar. Die Tiefe war in Ordnung.

»Nehmen Sie noch mehr Gas weg«, ordnete Lord Morton schließlich an.

Die schweren Volvo-Motoren waren nun fast nicht mehr zu hören. Nur das leichte Vibrieren des Schiffsbodens sagte ihnen, dass die Benziner gleichmäßig liefen und nur darauf warteten, mit voller Kraft loszudonnern.

Lord Morton griff zum Nachtsichtgerät und suchte die Küste ab, die sich gegen den Nachthimmel als schwarzer Schatten abhob. Dort irgendwo musste Grimsby stecken.

»Positionslichter kurz anschalten«, sagte Lord Morton leise.

Maurice betätigte einen Schalter. Die grünen und roten Seitenlichter und das Toplicht leuchteten kurz auf. Sekunden später lag die Drago wieder in völliger Dunkelheit. Sie wiederholten das Lichtmanöver noch einmal, dann erhielten sie Antwort.

»Da! Das ist Grimsby!«, rief Maurice erleichtert, als er die kurzen Blinkzeichen sah, die in der Nacht wie Glühwürmer aufleuchteten.

»Näher an die Küste. Hundert Yards!«

Endlich befanden sie sich mit Grimsby auf gleicher Höhe. Maurice fuhr noch etwas näher heran, als er merkte, dass die Brandung hier verträglich war. Maurice gab jetzt nur noch so viel Gas, wie nötig war, um die Drago auf der Stelle zu halten. Die Strömung kam etwas seitlich.

Lord Morton hatte indessen das Beiboot klargemacht. Waffen und Brandfackeln waren wasserdicht verpackt. Sie ließen das Boot zu Wasser und Maurice warf den Außenborder an.

»Die Leinen«, rief er zu Lord Morton.

Dieser warf ihm zwei starke Leinen zu. Eine befestigte Maurice vorn am Bug, die andere am Heck. Sie sollten das Beiboot später vor dem Abtreiben bewahren. Da die Strömung seitlich kam, war die Bugleine nötig.

»Alles klar?«

Maurice streckte den Daumen nach oben und lenkte das Boot auf die Küste zu. Grimsby hatte es ihm leicht gemacht und die Taschenlampe am Flaschenzug heruntergelassen, sodass sie etwa ein Yard über der Wasseroberfläche leuchtete und Maurice den Weg wies.

Als Maurice die Stelle erreicht hatte, gab er Lord Morton das verabredete Zeichen. Die Leinen spannten sich und das Boot konnte nun nicht mehr abtreiben. Vorausgesetzt, es kam kein Wind auf.

Maurice war innerhalb weniger Sekunden bis auf die Haut durchnässt. Zuerst hängte er die Waffen und die Brandfackeln an das Seil. Schließlich setzte sich Maurice in den geknoteten Sitz und wurde von Grimsby hochgeholt.

»Hast du gebadet?«, begrüßte Grimsby ihn.

Maurice klopfte ihm auf die Schulter. »Das wird dir auch nicht erspart bleiben, mon ami. Die Gischt fackelt nicht lange mit dir.«

»Wir werden sehen«, meinte Grimsby und wickelte nun Waffen und Brandfackeln aus der Verpackung. »Es wird Zeit, dass Sir Henry mal wieder frische Luft schnappt.«

»Hat sich irgendetwas getan?«

»Sie scheinen sich in dem Versteck recht wohlzufühlen.«

»Karens Tod wird frühestens morgen in der Zeitung stehen.«

Grimsby präparierte die Brandfackeln. »Wir müssen die Angelegenheit schnell hinter uns bringen.«

»Wie willst du vorgehen?«

»Das Dach ist trocken wie Zunder«, erläuterte Grimsby seinen Plan. »Ein kleines Feuerchen wird sie ablenken. Du wirst sie von der Straßenseite unter Feuer nehmen, während ich Henry suche.«

»Okay.«

Es wurden noch einige Details besprochen, dann trennten sie sich. Maurice machte einen Bogen um das Haus und gelangte zur Straße. Hinter der niedrigen Steinmauer suchte er sich einen günstigen Platz und wartete auf das verabredete Zeichen. Das Schnellfeuergewehr lag gespannt und entsichert neben ihm.

Grimsby indessen klemmte sich einige Fackeln unter den Arm und schlich sich vorsichtig an die hintere Front des Guts und lauschte. Er hörte Stimmen.

Zehn Minuten später wusste er, dass sich zumindest zwei Gangster im Mitteltrakt aufhielten. Doch wo die Mädchen und Sir Henry untergebracht waren, konnte er nicht herausfinden.

»Nichts ohne Risiko«, murmelte Grimsby schulterzuckend und schlich lautlos zu dem der Küstenseite zugewandten Seitentrakt zurück. Schnell fand er eine morsche Tür, die sich ohne viel Lärm aufbrechen ließ, fünf Minuten später loderten die ersten beiden Fackeln. Grimsby platzierte sie so, dass bald der gesamte Flügel in Brand stehen musste.

Nun eilte er zum Mitteltrakt zurück. Die ersten Flammen züngelten über das Dach, schließlich brannte der Trakt lichterloh.

»Feuer! Feuer! Feuer!«, schrie jemand.

Grimsby hörte Türen schlagen und Schreie. Dieser Lärm erlaubte es ihm, ein Fenster einzuschlagen und zwei weitere Brandfackeln hineinzuwerfen, sodass nun auch ein Teil des Mitteltraktes in Flammen aufging.

»Hol die Mädchen hoch, Frank!«, schrie jemand.

»Da stimmt etwas nicht, verdammt noch mal, George!«, brüllte Frank zurück. »Wie konnte das Feuer ausbrechen?«

»Verdammt, das kannst du dir später überlegen. Wir müssen den Wagen aus der Garage holen und verschwinden!«

Grimsby war zufrieden mit der Verwirrung, die er mit dem Feuer gestiftet hatte. Jetzt war es an der Zeit, das Gebäude zu stürmen. Maurice würde sie von vorn unter Beschuss nehmen. Grimsby holte eine Leuchtpistole hervor und feuerte sie ab.

Maurice sah die Leuchtrakete am Nachthimmel gelb zerplatzen und überprüfte noch einmal die Visiereinstellung. Die Flammen tauchten den Hof in ein grelles, zuckendes Licht. So sah er deutlich den Mann, der aus dem Mitteltrakt gestürmt kam. Maurice legte an und feuerte.

»Aaaaaah«, schrie Frank getroffen und stürzte zu Boden. Drei weitete Kugeln schlugen in seinen Körper ein. Maurice jagte nun Schuss fur Schuss aus dem Gewehr. Es dauerte eine Weile, bis er Antwort erhielt. Die Feuerlanzen blitzten an zwei verschiedenen Stellen auf. Dann schoss nur noch einer.

»Der geht auf Grimsbys Konto«, murmelte Maurice und veränderte seinen Standort.

Er hatte recht. Grimsby war inzwischen eingestiegen und hatte sich in den Wohnraum geschlichen. Die beiden Gangster standen an den kleinen Fenstern und schossen, was ihre Revolver hergaben.

»Verflucht, das ist eine Falle, George!«, schrie einer von ihnen. »Das haben wir diesem Schnüffler zu verdanken.«

»Scheiße!«, antwortete George nur und schoss.

Grimsby zog sein Wurfmesser und warf. Die scharfe Klinge schnitt durch die Luft und traf George von hinten ins Herz. Er sackte am Fenster zusammen. Sein Freund glaubte, George sei von einer Kugel getroffen worden, und feuerte weiter.

Dann hörte er ein Geräusch hinter sich. Erschrocken wirbelte er herum und wollte abdrücken, doch ein gewaltiger Schlag prellte ihm die Waffe aus der Hand.

»Die Show ist aus!«, rief Grimsby kalt. Er musste sich beeilen. Jeden Augenblick mussten Feuerwehr und Polizei aus Winchelsea eintreffen. Bei den Flammen …

»Wer …?«

»Die Flossen hoch!«, bellte Grimsby und feuerte durch das Fenster schräg nach oben eine zweite Leuchtrakete ab. Maurice stellte das Feuer sofort ein.

»Wo sind die Mädchen und der Mann?« Das Feuer wurde immer stärker und ein ohrenbetäubendes Krachen war zu hören. Rauch drang in das Zimmer.

»Ich … weiß nichts«, antwortete der Gangster stur.

»Du wirst froh sein, wenn du alles erzählen darfst, Freundchen«, fauchte Grimsby und stieß mit dem zweiten Messer zu. Der Gangster hatte die Bewegung gar nicht mitbekommen, erst der scharfe Schmerz in seinem Oberarm ließ ihn aufschreien. Er sah mit geweiteten Augen auf die blutbeschmierte Klinge.

»Wo?«, fragte Grimsby nur.

»Im … im … Keller«, stieß der Gangster hervor.

»Zeigen!«, befahl Grimsby.

Der Gangster ging in das angrenzende Zimmer und hob eine Bodenklappe hoch. Er deutete nach unten. »Da ist er … und auch die Mädchen. Aber Mann, warum denn auf …«

Grimsby nickte und dann fuhr sein Messer zum zweiten Mal in den Körper des Ganoven. Diesmal jedoch direkt ins Herz. Wie ein Klappmesser fiel er in sich zusammen.

»Hochkommen!«, schrie Grimsby in den Keller runter. Es dauerte eine Weile, dann hörte er Stimmen – Mädchenstimmen.

»Na los, Beeilung!« Grimsby blickte auf die Uhr.

Es wurde Zeit. Das erste Mädchen kam zaghaft die Treppe hoch. Es war höchstens fünfzehn und blickte ihn aus glasigen, verängstigten Augen an.

»Beeilung! Raus hier, das Haus brennt!«, brüllte Grimsby immer wieder. Es folgten neun weitere Mädchen, die alle sehr spärlich bekleidet waren. Erstaunt blickten sie ihn an, dann rannten sie aus dem Haus.

Grimsby war froh, dass er und Sir Henry sich vor der Fahrt maskiert hatten. Man würde sie also nicht richtig beschreiben können. Die Polizei würde einem Phantom nachjagen.

»Henry!«, schrie Grimsby in den Keller hinunter. Als er keine Antwort erhielt, kletterte er die steile Treppe hinunter. Es war stockdunkel. Als sich seine Augen etwas an die Dunkelheit gewöhnt hatten, erblickte er mehrere nackte Matratzen und Decken sowie Essensreste. Es stank infernalisch. Hier hatte man den Willen der Mädchen gebrochen. Grimsby schüttelte sich. In einer Ecke entdeckte er Sir Henry, geknebelt und gefesselt, wie ein Paket zusammengeschnürt.

»Das wurde auch Zeit«, keuchte Sir Henry, als Grimsby ihn von den Fesseln befreit hatte. »Was ist passiert?«

»Später! Der Hof brennt an allen Ecken und kann jeden Augenblick über uns zusammenbrechen«, sagte Grimsby schnell. Rauch drang schon zu ihnen in den Keller.

Keuchend und nach Atem ringend bahnten sie sich einen Weg durch das Flammenmeer. Donnernd kamen feurige Balken von der Decke. Fensterscheiben barsten unter der Hitze. Endlich hatten sie freies Feld erreicht.

»Zur Küste!« Sie trafen auf Maurice.

»Ich glaube, noch einen Gangster gesehen zu haben«, erklärte er.

Grimsby zuckte die Schultern. »Darum können wir uns jetzt nicht kümmern. Jeden Augenblick kann die Polizei hier sein. Das Feuer wird man auch von See her weit sehen können.«

Maurice nickte und schlang sich das Seil um den Bauch, dann ließ er sich von Grimsby abseilen. Das Boot war doch ein Stück abgetrieben worden. Es blieb ihm nichts anderes übrig, als die paar Yards zum Boot zu schwimmen. Sofort warf er den Motor an und dirigierte das Boot unter den Flaschenzug.

Sir Henry schluckte nervös, als Grimsby ihn langsam an der Steilküste herunterließ. Das Boot sah so unendlich klein aus. Schließlich hatte er es hinter sich. Maurice half ihm in das Boot. Die Gischt hatte ihn sofort durchnässt, doch das kümmerte ihn nicht.

Sir Henry und Maurice blickten nach oben und nahmen die Waffen an. Schließlich verknotete Grimsby das Seil und hangelte sich nach unten.

Gerade befand er sich auf halber Höhe, als Sir Henry oben am Klippenrand einen Schatten entdeckte; und er sah Metall aufblitzen.

»Maurice! Da oben!«

Maurice fuhr erschrocken zusammen und griff nach den Waffen, die aber verpackt waren.

»Grimsby! Pass auf! Über dir!«, schrie er Grimsby zu, während er das Gewehr aus dem Segeltuch zerrte. Grimsby blickte nach oben.

»Verdammt, jemand will das Seil kappen!«, schrie Sir Henry erregt.

Grimsby biss sich auf die Lippen. Die Chance, den Unbekannten mit dem Messer zu treffen, war gleich null. Dazu war der Winkel einfach zu ungünstig. Es blieb ihm nur eine Wahl: er muhte das Seil durch die Hände rutschen lassen, damit er noch viel an Höhe verlor, bevor er auf das Wasser knallte. Aufgerissene Handflächen waren immer noch besser als ein zerschmetterter Körper. Aus dieser Höhe war die Wasseroberfläche so hart wie Beton.

Doch da peitschte ein Schuss durch die Nacht.

Ein gurgelnder Schrei kam vom Klippenrand. Der Unbekannte stürzte von oben herunter und sauste nahe an Grimsby vorbei in die Tiefe. Sein Körper klatschte hart auf die Wasseroberfläche.

Instinktiv blickte Grimsby zur Drago

»Kein schlechter Schuss, Chef«, murmelte er vor sich hin und ließ sich nun zum Beiboot herab.

Die Drago hatte den Küstenstrich mit einer Geschwindigkeit von 60 Knoten schon längst hinter sich gelassen, als Feuerwehr und Polizei eintrafen. Sie fanden natürlich den Flaschenzug an der Steilküste, nicht jedoch eine dazu passende Erklärung …

*

»Ist Ihnen kalt?«, fragte Lord Morton.

David Garden zitterte – vor Furcht.

Immer war er ein mächtiger Mann gewesen, der es gewohnt gewesen war, Befehle zu erteilen und Gehorsam entgegenzunehmen. Sein Wort hatte etwas gegolten und auf seinen Wink hatten sich unzählige Frauen untergeordnet.

Doch hier bei Lord Morton war er ein Nichts – sogar noch weniger als das. Rechte hatte er keine mehr. Er war ihm restlos ausgeliefert und durfte auch nicht mehr an Rettung denken.

»Sie haben ja noch mehr Angst als Ihre Freundin«, meinte Lord Morton nach einer Weile. Der Anblick des vor Angst zitternden kräftigen Mannes ließ kalte Verachtung in ihm mächtig werden.

»Weil … weil Sie ein … ein … Scheusal … sind … ein Verbrecher«, stammelte David Garden.

Grimsby stand in der Tür und musterte ihn abfällig. »Sie sollten Ihr Urteil nicht so schnell fällen, Garden. Es könnte nämlich sein, dass Sie sich *zu viele* Hoffnung machen.« Grimsby lachte kurz auf.

Angst schlotternd blickte David Garden von einem zum anderen.

»Was … was haben Sie mit Ann … gemacht?«

Obwohl er maßlose Angst hatte, wollte er doch erfahren, was aus Ann Sun geworden war.

Lord Morton lächelte unverbindlich wie auf einer Cocktailparty. »Den Umständen entsprechend geht es ihr gut.«

»Was haben Sie mit ihr gemacht?«, brüllte David Garden.

»Das, was ich in einer halben Stunde mit Ihnen machen werde, Mr. Garden: operieren«, erklärte Lord Morton ohne Gefühlsregung. »Kommen Sie mit, ich werde Sie Ihnen zeigen. Damit Sie wissen, was Ihnen bevorsteht.«

»Nein, ich will nicht … lassen Sie mich … um Gottes willen … nein …«, gellte David Garden und drückte sich in die Zellenecke. Sein Gesicht war verzerrt.

Grimsby ging auf ihn zu. Plötzlich fuhr seine rechte Hand vor, in der wie hingezaubert eines seiner gefährlichen Messer lag. Die Klingenspitze machte nur wenige Millimeter vor Gardens Kehlkopf halt.

»Mitkommen!«, befahl Grimsby.

Garden keuchte laut und nickte. Noch war es zu früh zum Sterben. So folgte er Lord Morton, der in das Zimmer neben dem Operationssaal ging.

David Garden sah zuerst den Rolltisch, auf dem irgendjemand lag. Wer es war, konnte Garden nicht erkennen, denn ein weißes Laken war über den Körper gedeckt, doch unter dem Laken hob und senkte sich eine Brust. Zahllose Schläuche und Drähte führten unter das Tuch.

»Freddy hatte einen enormen Blutverlust«, begann Lord Morton mit seiner Erklärung.

David Garden spürte einen Augenblick ein Gefühl der Erleichterung. »Freddy? Ich dachte Ann …«

Lord Morton ging darauf gar nicht ein. »Grimsby hat ihn Freddy getauft«, fuhr er ruhig fort. »Freddy hat sehr viel mit Ihrer Freundin zu tun, Mr. Garden.«

»Auch Sie werden bald etwas mit Freddy gemeinsam haben«, fügte Grimsby hinzu.

»Ich verstehe nicht«, krächzte David Garden und fuhr zusammen, als ein tierischer Schrei den Raum füllte.

»Nehmen Sie das Tuch weg, Grimsby«, wies Lord Morton ihn an.

Grimsby nickte und verzog das Gesicht zu einem erwartungsvollen Grinsen, bevor er das Laken mit einem Ruck wegzog.

Ein greller Schrei gellte durch das Zimmer. In ihm schwangen grenzenloses Grauen, maßlose Furcht und Todesahnung mit. Es war Garden, der diesen unmenschlichen Schrei ausgestoßen hatte.

»Haben Sie Angst vor Tieren?«, erkundigte sich Grimsby leise.

»Mein Gott … ein Affe … ein Gorilla … nein … das kann nicht … nein«, stammelte David Garden und starrte wie gelähmt auf diesen Gorilla, der menschengroß war und angeschnallt auf dem Rolltisch lag. Er hatte das Gebiss gefletscht, soweit der Spezialmaulkorb es zuließ, und seine Augen funkelten in den runzligen Höhlen wild.

»Die Arme … die … beiden … Arme«, stotterte David Garden und wich zurück. Grimsby versperrte ihm den Weg.

Lord Morton nickte ungerührt und blickte auf die verbundenen Stümpfe. »Ich habe ihm die beiden Arme amputiert, Mr. Garden. Und zwar direkt oben im Schultergelenk. Es hat hervorragend geklappt. Freddy hat eine ausgezeichnete Konstitution.«

»Ann? Wo ist Ann?«, schrie Garden nun.

»Grimsby wird sie gleich bringen, Mr. Garden. Sie werden Sie schon sehen«, antwortete Lord Morton gelassen. »Doch vorher sollten Sie sich das Tier genauer ansehen. Abgesehen davon, dass wir von diesen Lebewesen ab stammen sollen, werden Sie bald in eine recht persönliche Beziehung zu ihm treten.«

Fassungslos starrte Garden den berühmten Arzt an. Es musste alles ein böser schrecklicher Albtraum sein, anders war es gar nicht möglich. Es konnte doch nicht stimmen, dass dieses grauenvolle Tier mit den zwei leeren Schultergelenken vor ihm lag und diese entsetzlichen Laute von sich gab.

Und doch war es so. Er befand sich in der Gewalt des genialen Chirurgen Lord Morton, der sich mit Tierversuchen allein schon lange nicht mehr begnügte. David Garden und Ann Sun waren nicht die Ersten, an denen er seine bahnbrechenden Operationen durchführte. Sie würden auch nicht die Letzten sein.

»Etwas kann ich Ihnen von Ann Sun schon zeigen«, meinte Lord Morton und stieß die Tür zum Operationssaal auf. David Garden stolperte in den hell erleuchteten OP.

Etwas?, schoss es Garden durch den Kopf. *Was kann er damit nur meinen? Was soll das nur? Mein Gott! Es ist grauenhaft! Ich muss fliehen!* Aber er konnte plötzlich nicht mehr weiterdenken, denn das Grauen schnürte ihm die Kehle zu und machte ihn hilflos. Er wusste plötzlich, was ihn erwartete.

Grimsby ging zur Wand und legte einen Riegel zurück. Dann zog er ein längliches Fach aus der Wand. Kalter Dampf stieg nach oben – Eisdampf.

»Das sind unsere Kühlfächer«, erklärte Lord Morton. Und zu Grimsby gewandt: »Zeigen Sie ihm den Abfall. Bestimmt wird er sie wiedererkennen.«

Grimsby zog Handschuhe über und fasste in die Lade. Er hielt plötzlich zwei steife Arme in den Händen – Frauenarme!

»Ann! Ann! Ann!«, schrie Garden.

»Sie sehen jetzt etwas blass aus«, meinte Grimsby grinsend. »Aber bei so wenig Blutzirkulation kann man mehr Farbe auch kaum erwarten.«

»Ann … Ann … Sie haben … ihr … die Arme amputiert … nein«, stieß Garden fast flüsternd hervor. Seine Ahnung hatte nicht getrogen. Auch sein Schicksal war jetzt sonnenklar und ihn schauderte. Sein Körper krampfte sich zusammen.

»Brauchen wir die Arme noch?«, erkundigte sich Grimsby.

Lord Morton schüttelte den Kopf. »Nein, sie können ins Bad. Aber passen Sie auf Garden auf«, setzte er hinzu. »Inzwischen hole ich Ann Sun.«

Grimsby lachte, packte Garden hart an der Schulter und stieß ihn vor sich her. In einer Hand trug er beide Arme von Ann, die deutlich dampften.

»Haben Sie Verlangen nach einem Bad, Garden?«, fragte er spöttisch und schob ihn in den Raum, den er für sich als das ›Badezimmer‹ bezeichnete. Dieses Badezimmer hatte ihnen schon hervorragende Dienste geleistet.

»Was haben Sie vor?«, fragte Garden mit heiserer Stimme.

»Noch nichts, Garden. Aber sehen Sie sich das an.« Grimsby schob ihn vor sich her. Nun sah er dieses seltsame Glasbecken mit der blau schimmernden Flüssigkeit.

Garden schnupperte unwillkürlich. Ein komischer Geruch lag in der Luft. »Was … was … ist das?«

»Eine Demonstration sagt mehr als Worte«, entgegnete Grimsby amüsiert und warf einen Arm in das Becken, das die Größe eines kleinen Swimmingpools hatte. Die Oberfläche der blau schimmernden Flüssigkeit geriet sofort in Bewegung und brodelte plötzlich wie kochendes Wasser.

»Säure?«, keuchte David Garden und beobachtete mit hervorquellenden Augen, wie sich Arm Suns Arm in Sekundenschnelle auflöste.

»Richtig. Ein hochprozentiges Säurebad. Eine nützliche Einrichtung. Besonders, wenn man häufig Leichen rückstandsfrei beseitigen muss. Oder solchen Abfall«, sagte Grimsby kalt und warf den zweiten Arm ins Bad.

»Das dürfen Sie nicht!«, brüllte Garden halb von Sinnen. Und plötzlich schien es ihm als bester Weg, wenn er sich jetzt einfach in das Becken stürzte. In Sekunden würde er von allen Qualen erlöst sein.

Deshalb stieß er sich vom Beckenrand ab, doch Grimsby hatte sein Vorhaben durchschaut und riss ihn brutal zurück und schleuderte ihn zu Boden.

»So schnell wird hier nicht gestorben, Garden«, zischte er. »Lord Morton braucht Sie roch. Außerdem geht man doch nicht, ohne sich vorher vom Gastgeber verabschiedet zu haben.«

»Sie … Sie sind ein Tier!«

Grimsby grinste. »Sie werden gleich ein Tier sein, Garden. Nach der Operation«, antwortete er und riss ihn hoch. Garden taumelte von Grimsby gezwungen in den OP zurück.

»Sie wollten doch Ann Sun sehen«, begrüßte ihn Lord Morton dort und deutete auf den zweiten Rolltisch, den Reginald Dee gerade zur Tür hereinschob.

David Garden verlor das Gleichgewicht, als er sie erblickte. Ann Sun trug die Arme des Gorillas. Sie war vollkommen nackt. Ihr Körper war wunderbar makellos hell – bis auf diese grässlichen Tierarme, die dicht behaart waren. Garden war nahe dran, den Verstand zu verlieren.

Er wollte schreien, doch es drang nur ein Schluchzen aus seiner Kehle. Er war am Ende seiner Kräfte und schon halb dem Wahnsinn verfallen.

Ann Sun schlug die Augen auf und sah ihn.

»Hilf mir … David … hilf mir … ich kann nicht mehr … hilf!«, flüsterte sie kaum hörbar.

»Ann … Ann«, wimmerte Garden.

»Reiß mir die Arme ab … bitte … reiß … sie mir ab«, lallte sie. »Ich will … so nicht … leben … reiß mir diese schrecklichen Arme ab!«

Grimsby hielt Garden zurück.

»Sie wird noch recht lange leben«, klang nun Lord Mortons nüchterne Stimme durch den OP. »Das Zellgewebe hat erstaunlich gut angesprochen. Hoffentlich verträgt sich auch Ihr Gewebe so gut mit dem des Gorillas.«

Ungläubig schüttelte Garden den Kopf. »Sie … dürfen nicht … Sie … können … nicht … nein!« Keinen vollständigen Satz brachte er mehr zustande. Sein Hirn war leer gefegt von Erinnerungen. Nur dieser quälende Albtraum beherrschte ihn. Diese schrecklichen Arme und Ann Sun …

Grimsby lachte kurz auf.

»Töten Sie … mich … Töten Sie mich!«, flehte er dann Lord Morton an und sank auf die Knie.

Abfällig verzog Lord Morton die Mundwinkel. »Es ist alles für die Operation bereit, Mr. Garden. Freuen Sie sich, Sie bekommen ein neues Paar kräftige Beine.«

Grimsby zerrte ihn zum Operationstisch. »Sträuben hat keinen Zweck«, fauchte er. »Wenn Sie Glück haben, werden Sie sich mit den Gorillabeinen wohler fühlen als jetzt.«

David Garden wollte schreien und nicht mehr damit aufhören, als Reginald Dee etwas später den Gorilla in den OP rollte, doch die Todesangst lähmte seine Stimme. Noch nicht einmal den Einstich der verschiedenen Spritzen spürte er.

Seine Augen klebten förmlich an dem stählernen Skalpell, das nun über seine linke Mitte glitt. Garden wollte sich aufbäumen, doch Grimsby hatte ihn so festgeschnallt, dass ihm nicht ein an Zoll Bewegungsfreiheit blieb.

»Körperfunktion normal«, hörte er Grimsbys Stimme aus weiter Ferne sagen und wimmerte leise. Er war Lord Morton wehrlos ausgeliefert …

ENDE

... und hier eine Leseprobe aus dem nächsten Band:

DR. MORTON 76 »DREI PFEILE FÜR LORD MORTON«

Dr. Morton sah sich Grimsbys Jagdbeute zunächst im TV-Raum an, wo verschiedene Monitore den Mann aus unterschiedlichen Winkeln zeigten.

»Er ist groß und stark, aber er scheint nicht sehr intelligent zu sein«, murmelte Dr. Morton.

»Er hat keinen starken Willen. Eigentlich sollte er für den Rest seines Lebens im Zuchthaus sitzen. Ein Schwein, Sir! Eine von den Kanaillen, mit denen nicht einmal die Unterwelt etwas zu tun haben will.«

»Fein, William. Genau das, was wir brauchen. – Sie haben ihn doch nicht verletzt?«

»Er ist nur ein bisschen durcheinander. Ich nehme ihn mir nachher noch vor. Morgen früh ist er so weit, dass Sie ihn behandeln können, Sir.«

»Es muss rasch gehen«, sagte Dr. Morton nachdenklich. »Vorausgesetzt, seine Konstitution lässt es zu, werde ich ein Verfahren anwenden, das noch unerprobt ist, über das ich aber in letzter Zeit gründlich nachgedacht habe.«

»Er hat die Gesundheit eines Brauereigauls, Sir. Er ist bärenstark. Ich musste tief in meine Trickkiste langen, um ihn zum Mitkommen zu überreden.«

Später, als Grimsby das Zimmer betrat, in dem der Bärenstarke untergebracht war, hatte sich dessen Verwirrung tatsächlich so weit gelegt, dass er daran dachte, den Eingetretenen anzugreifen, um dann zu fliehen. Doch wie hingezaubert hielt Grimsby ein Messer in der Hand.

»Keine Dummheiten!«, sagte er fast vergnügt. »Du magst so stark sein, wie du willst, dieses Messer im Herz überlebst du trotzdem nicht. Ich will mich nicht loben, aber ich treffe eine Fliege an der Wand, wenn es sein muss.« Plötzlich schwirrte das Messer durch die Luft, sauste so dicht am Kopf des Mannes vorbei, dass er den kalten Stahl spürte, und blieb mit einem hässlichen Geräusch in der Wand stecken. Es grenzte wirklich an Zauberei: Grimsby hatte schon ein weiteres Messer in der Hand und wog es ebenso wie eben das erste. Der Mann hatte überhaupt nicht gesehen, dass Grimsby geworfen hatte.

Er war wachsbleich und ließ einen sonderbaren kleinen Seufzer hören.

»Ich mache keine Dummheiten«, versicherte er. »Aber ich möchte gern wissen, weshalb man mich hergebracht hat.«

Grimsby zog das Messer aus der Wand, reinigte die Klinge sorgfältig und steckte es weg.

»Du brauchst keine Angst zu haben«, sagte er beruhigend. »Wir brauchen einen Typ wie dich für eine sehr ehrenvolle Aufgabe.«

»Sie werden mir also nix tun?«, fragte der Mann hoffnungsvoll.

»Absolut nichts«, bestätigte Grimsby und dachte, dass die meisten Menschen sich gerade in den heikelsten Situationen an die winzigsten Hoffnungen klammern. Er zog ein Etui aus der Tasche. Auf Knopfdruck öffnete sich der Deckel und gab den Blick auf ein Injektionsbesteck frei.

Der schwere, massige Mann schüttelte den Kopf.

»Nein!«, murmelte er. »Nein, nein! – Keine Spritze! Das vertrage ich nicht!«

Du wirst ganz andere Sachen vertragen müssen, dachte Grimsby und kümmerte sich nicht um den Widerstand. Mit hartem Griff drehte er, nachdem die Spritze aufgezogen war, den rechten Arm des Mannes um und stemmte ihm ein Knie in den Rücken. Der Bursche wimmerte und gab jede Gegenwehr auf. Grimsby säuberte die Armbeuge mit einem alkoholgetränkten Wattebausch. Die Nadel drang leicht ein. Grimsby spritzte so geschickt, dass der Mann kaum etwas davon spürte.

»Jetzt wirst du schlafen, mein Alter«, sagte Grimsby beruhigend. »Mach dir keine Sorgen mehr. Es kommt alles, wie es kommen muss.«

»Ja, ja«, erwiderte der Mann zustimmend. Bald wurde sein Kopf schwer. Er wollte noch etwas sagen, aber aus seinem Mund kam nur ein Lallen. Grimsby meldete Dr. Morton später, dass er die Vorbereitungen für den Eingriff früh am Morgen treffen werde. Sie vereinbarten den Zeitpunkt, zu dem Dr. Morton sich droben in der Klinik zurückziehen würde. Cynthia Barrington musste dafür sorgen, dass alle Störungen ferngehalten wurden und vor allem die beiden diensttuenden Inspektoren von Scotland Yard keinen Verdacht schöpften.

Doch ausgerechnet an diesem Morgen ließ Chefinspektor Maugham sich melden. Lord Morton konnte ihn nicht abweisen. Er brachte es sogar fertig, Maugham mit großer Freundlichkeit zu empfangen und keinerlei Ungeduld an den Tag zu legen.

»Sie können sich denken, Sir, weshalb ich hergekommen bin.«

»Ach ja, dieser neuerliche Vorfall bei Madame Tussaud. Ihre Leute haben mich informiert. Außerdem sind ja die Zeitungen voll davon.«

»Sir Glenn, es besteht für uns kein Zweifel mehr … Leider …«

»Kein Zweifel, wollen Sie sagen, dass der Verrückte sich eines Tages nicht mehr mit Wachsfiguren begnügt, sondern mich selbst angreift.« Dr. Morton nickte. »Aber solange Ihre Leute in der Nähe sind, kann mir ja nichts passieren.« Chefinspektor Maugham beobachtete Lord Morton scharf, konnte jedoch keine Spur von Ironie in dessen Gesicht erkennen.

»Wir tun, was wir können, Sir. Es wäre schön, wenn Sie uns noch mehr als bisher unterstützten.«

»Wie das, Chefinspektor?«

»Indem Sie uns rechtzeitig sagen, wohin Sie gehen oder fahren werden.«

»Ich bin Arzt, Chefinspektor. Ich kann meinen Tag nicht immer bis zur letzten Minute einteilen.«

»Das verstehe ich selbstverständlich. Aber, bitte … Sie müssen einsehen, dass wir uns wirklich große Sorgen machen.«

DR MORTON
GRUSEL KRIMI BESTSELLER

Titelverzeichnis Bestellschein

Die nachstehend aufgeführten Titel sind bisher erschienen. Sollte Ihr Händler den von Ihnen gewünschten Band nicht vorrätig haben, bestellen Sie ihn bitte direkt über unsere Homepage: **www.romantruhe.de**

1 John Ball **Blaues Blut**
2 John Ball **Das ist Ihr Sarg, Sir!**
3 John Ball **Bad in HCL**
4 John Ball **Biedermann und Rauschgifthändler**
5 John Ball **Mr. Gregory kann nicht sterben**
6 John Ball **Dr. Morton empfiehlt Selbstmord**
7 John Ball **Morton's totale Operation**
8 John Ball **Sir Henry, der Dritte im Bund**
9 John Ball **Ein Gangster killt den andern**
10 John Ball **Sein erster Mord**
11 John Ball **Gehirnoperation**
12 John Ball **Ein Selbstmord kommt selten allein**
13 John Ball **Dr. Morton geht ins Zuchthaus**
14 John Ball **Blutige Mahlzeit**
15 John Ball **Grausame Grüße**
16 John Ball **Tod für Norfolk**
17 John Ball **Projekt Haifisch**
18 John Ball **Gefährliche Spiele**
19 John Ball **Der Monstermacher**
20 John Ball **Sir Henry und sein Feind**
21 John Ball **Auf Grimsby kann man sich verlassen**
22 John Ball **Der Gierige**
23 John Ball **Kopftransplantation**
24 John Ball **Einmal Hirn, tiefgekühlt**
25 John Ball **Ein Diktator wird zerlegt**
26 John Ball **Seltsame Partner**
27 John Ball **Ist das Dr. Morton?**
28 John Ball **Ein Friedhof bei Brighton**
29 John Ball **Glenn Morton steht in Flammen**
30 John Ball **Es lebe der Champion**
31 John Ball **Die Katze lässt das Morden nicht**
32 John Ball **Grimsbys schwarze Spinne**
33 John Ball **Einen Killer für Madame**
34 John Ball **Der Irre von Colchester**
35 John Ball **Schrumpf dich jung, Dr. Morton**
36 John Ball **Die tödlichen Ratten**
37 John Ball **Zwei Mumien im Keller**
38 John Ball **Der indische Seiltrick**
39 John Ball **Der singende Mörder**
40 John Ball **Das Nervenserum**
41 John Ball **Rollende Köpfe**
42 John Ball **Die Attentäter**
43 John Ball **Dr. Mortons willenlose Telepathen**
44 John Ball **Morton gegen Computer**
45 John Ball **Ohne Haut – doppelt nackt**
46 John Ball **Lord Millbrook**
47 John Ball **Zwölf Menschen frisst der Krebs**
48 John Ball **Schlachtfest für Demeter**
49 John Ball **Unternehmen Rosebud**
50 John Ball **Morton contra Präsident**
51 John Ball **Blutiger Einsatz**
52 John Ball **Grimsbys Mörderbande**
53 John Ball **Ronalds schnelles Leben**
54 John Ball **Tödliches Vergnügen**
55 John Ball **Verheerende Strahlen**
56 John Ball **Der Schlächter vom Hyde Park**
57 John Ball **Ein Panther in London**
58 John Ball **Bis zum bitteren Ende**
59 John Ball **Sklaven für Lady Goodefrood**
60 John Ball **Lord Morton lässt das Monstrum los**
61 John Ball **Entführt und erpresst**
62 John Ball **Ein Weekend in Aberlane**
63 John Ball **Frisches Hirn für Dr. Morton**
64 John Ball **Lebendig eingemauert und entsorgt**
65 John Ball **Das Loch im Vorhang**
66 John Ball **Grimsby in der Falle**
67 John Ball **Unternehmen Massengrab London**
68 John Ball **Dr. Mortons Totentanz**
69 John Ball **Testfressen für Feinschmecker**
70 John Ball **Nur Tote schweigen ewig**
71 John Ball **Tödliche Bedrohung für Lord Morton**
72 John Ball **Der Killer aus der Kälte**
73 John Ball **Morton gegen Kannibalen**
74 John Ball **Drei Unzen Hirn**
75 John Ball **Dr. Morton schlägt zu**

Ab einem Warenwert von 40,– € erfolgt die Lieferung versandkostenfrei.

DR MORTON
GRUSEL KRIMI BESTSELLER
AUS DEM ERBER+LUTHER VERLAG